# UTOPISCHE KLASSIKER

Herausgegeben von
Gerd Rottenecker

Hansjoachim Bernt Verlag

THE EMIGRATION OF THE HUMAN RACE
TERRA

**Clark Darlton**

# Die Zeit ist gegen uns

1. Auflage

Hansjoachim Bernt Verlag
Postfach 22 01 22
56544 Neuwied



Redaktion: Gerd Rottenecker
Titelbild & Innenillustration: Hubert Schweizer


ISBN 3-930515-61-X

# Prolog

Der Zusammenhang zwischen Masse und Energie wurde der Menschheit in jener Sekunde klar, als die erste Atombombe in einem grellen Blitz detonierte. Das war damals, im Jahr 1945. Dieser Blitz leitete das Atomzeitalter ein, dessen Ende noch heute nicht abzusehen ist.

Der Zusammenhang zwischen Raum und Zeit war damals noch fast unbekannt, und nur wenige Wissenschaftler hatten versucht, ihn mathematisch-theoretisch oder gar philosophisch zu ergründen. Vergeblich! Alle Theorie verblaßte gegen die gigantische und unfaßbare Wahrheit, die auf eine Handvoll wagemutiger Männer einstürmte, als diese nach jahrelanger Abwesenheit aus dem Weltall wieder zur Erde zurückkehrten.

Es existierte keine irdische Zeitrechnung mehr, als die HUMAN SUCCESS dem Sonnensystem das Heck zudrehte und mit steigender Geschwindigkeit wieder in das All hinausschoß – einer ungewissen Zukunft entgegen. Das Ziel war der Stern 61 Cygni, elf Lichtjahre von der Erde entfernt.

Der Kommandant dieses Raumschiffs war Captain Jack Hammond, ein tapferer und umsichtiger Mann, wie alle seine Gefährten, die bei ihm waren. Der Erste Offizier hörte auf den nicht seltenen Namen Mack Johnes, ein Mann, den nichts aus der Ruhe bringen konnte. Aber jetzt, als die HUMAN SUCCESS an Pluto vorbeijagte, dem äußersten Planeten des Sonnensystems, zeigte sein Gesicht nichts anderes als grenzenlose Enttäuschung.

Und dann war da noch Paul Faurrat, der ehemalige Raumpilot, den ein seltsames Schicksal auf dieses

Raumschiff verschlagen hatte. Fest zusammengekniffen waren seine Lippen, als die Sonne allmählich zu einem Stern zusammenschrumpfte, die Planeten nach und nach in der Tiefe des Alls versanken und schließlich nichts mehr blieb als das gleißende Licht der unzähligen Gestirne, die so weit weg waren, daß sie der Mensch kaum mit seinen Gedanken erreichen konnte.

Warum flohen diese Menschen in die Unendlichkeit des Raumes? Warum kehrten sie nicht zur Erde zurück, die sie vor Jahren verlassen hatten? Warum mußten sie erneut in das schwarze Nichts vorstoßen, aus dem sie gerade gekommen waren?

Dieses Manuskript, das aus dem Nichts und aus der Zukunft auf unseren Tisch flattert, birgt die Lösung dieser Fragen.

Masse = Energie! Und: Raum = Zeit.

Ein Körper, der sich der Geschwindigkeit des Lichtes nähert, nähert sich auch jenem Punkt, an dem der Zeitbegriff des Menschen keine Gültigkeit mehr hat.

Vor uns liegen die Geheimnisse des Weltraums und der Zeit. Wir werden wissen, warum dieser Weltraum unendlich und doch begrenzt ist. Wir werden wissen, wer unser größter Gegner ist.

Und dieses Wissen um das Geheimnis der HUMAN SUCCESS ist so überwältigend, daß wir mit der Sekunde des wirklichen Begreifens dem Irrsinn so nahe sind wie nie zuvor in unserem Leben.

Denn: nicht der Raum, sondern die Zeit ist der Gegner des Menschen, wenn dieser die Sterne erreichen will!

# 1.

»Was Sie von mir verlangen, ist glatter Selbstmord!«

Rex King schrie es förmlich heraus und kümmerte sich nicht darum, daß es sein Chef war, dem er diese Worte entgegenschleuderte. Sein Gesicht hatte die Blässe des ersten Schreckens verloren und überzog sich mit einem flammenden Rot.

»Sie werden doch nicht allen Ernstes von mir verlangen, daß ich an diesem irrsinnigen Unternehmen teilnehme, dessen Ausgang so ungewiß ist wie das morgige Baseball-Spiel Chicago – Los Angeles? Mensch, Hurst! Überlegen Sie doch mal! Alpha Centauri!«

Raymond Hurst hatte sich allmählich von seiner ersten Überraschung erholt und wurde wieder so eiskalt, wie er es normalerweise immer war.

»Mein lieber King, ich will Ihnen einmal etwas sagen: Nicht umsonst habe ich Sie ausgewählt, an diesem Flug teilzunehmen. Ich hätte genausogut irgendeinen anderen nehmen können; es gibt genug Reporter und Schriftsteller, Journalisten und Fotografen; aber ich habe meine guten Gründe. Sie sind der bekannteste und der beste Mann, den wir haben. Und nicht nur wir, King! Sie sind der beste Reporter der Staaten!«

Rex lehnte sich mit einem ironischen Lächeln vor.

»Das ist ja wirklich interessant! Das höre ich heute nämlich zum ersten Mal. Erst vorgestern, als ich von Ihnen ein anständiges Honorar für meine Reportage über das Minenunglück auf dem Merkur verlangte, sagten Sie noch zu mir: ›Mein lieber King, lernen Sie erst einmal etwas, ehe wir von Geld sprechen!‹ Und heute bin ich auf einmal der beste Reporter der Staaten, womöglich der ganzen Welt!«

»Sie werden es jedenfalls ganz bestimmt sein, wenn Sie von dieser Expedition in die Milchstraße zurückkehren«, machte Hurst den bekannten Rückzieher aller Vorgesetzten.

King ließ sich wieder in den Sessel zurücksinken, zog mit leicht zitternden Händen ein Päckchen Zigaretten aus seiner Tasche und vergaß vollkommen, seinem Chef eine anzubieten. Erst als sein Feuerzeug aufflammte, wurde er sich seiner Unhöflichkeit bewußt und holte das Versäumte nach.

Sein Blick fiel auf den automatischen Kalender.

Es war der 31. Mai 1981.

Hurst war seinem Blick gefolgt und lächelte verständnisvoll.

»Sie haben noch mehr als zwei Wochen Zeit, Abschied von der Erde zu nehmen. Der Start der HUMAN SUCCESS findet am 17. Juni statt. Und das Abenteuer wird sich für Sie lohnen. Sie erhalten von mir die horrende Summe von 1.000.000 Dollar, sobald Sie in zehn Jahren wieder den Boden der Staaten betreten. Außerdem ein Zeilenhonorar von zehn Dollar für Ihre Berichte. Nun, was sagen Sie jetzt?«

Rex King betrachtete Hurst, als habe er einen an einer unheilbaren Krankheit leidenden Patienten vor sich, den er operieren müsse. In seiner Stimme war sogar eine Spur von Mitleid, als er entgegnete:

»Ja, glauben Sie denn allen Ernstes daran, daß wir wirklich zurückkommen? Ich habe den leisen, aber hartnäckigen Verdacht, daß Sie auf diese unfaire Tour lediglich versuchen wollen, mich für alle Zeiten loszuwerden. Sie wollen mich sozusagen ›zu den Sternen schießen‹, so wie man noch vor einigen Jahren leichtsinnigerweise die Atomabfälle in den Weltraum schoß. Immer mit der Ruhe, Boß! Das werde ich mir sehr gründlich überlegen.

Und vor allen Dingen werde ich erst einmal mit den anderen Teilnehmern dieser irrsinnigen Expedition reden. Was wollen die überhaupt mit einem Zeitungsmenschen an Bord?«

»Sie sollen das Bordtagebuch schreiben, King. Der Chester-Verlag hat die Absicht, die Erlebnisse dieser Reise als Roman zu veröffentlichen und zahlt für das Manuskript eine runde Million Dollar. Sie haben also dieses Romanmanuskript anzufertigen und meine Artikel. Dabei dürften Sie zusammengefaßt glatte zwei Millionen verdienen.«

»Nettes Sümmchen«, gab Rex widerwillig zu.

»Na, also! Wer verdient schon in zehn Jahren so viel Geld?«

»Sie!« gab Rex prompt zurück, was Hurst ein schwaches Lächeln entlockte.

»Sicher. Aber ich gebe es auch wieder aus. Sie hingegen werden auf der HUMAN SUCCESS keine Gelegenheit haben, Geld auszugeben.«

»Hoffentlich habe ich überhaupt irgendwann in meinem Leben noch einmal Gelegenheit, die zwei Millionen auszugeben«, blieb Rex skeptisch. Aber in seiner Stimme schwang schon eine gewisse Unsicherheit mit. Hurst bemerkte es und verspürte eine heimliche Genugtuung. Mit Geld ließen sich eben alle Menschen kaufen, auch ein Rex King.

»Gut, Rex! Hören Sie zu! Sie begeben sich morgen vormittag zum Raumhafen New Chicago und fragen nach Captain Hammond. Sagen Sie nur, Sie kämen von mir, das wird genügen. Er wird Ihnen dann alles Weitere erklären. Ich kenne selbst nicht die anderen Teilnehmer dieses ver..., äh, dieser Expedition, aber Hammond wird Ihnen Auskunft geben. Jedenfalls fliegen nur Leute mit, die keinerlei Bindungen auf der Erde haben. Stellen Sie sich das einmal vor: zehn Jahre kein Gras mehr sehen! Schrecklich!«

Hurst war leidenschaftlicher Golfspieler.

»Das Gras stört mich weniger«, brummte Rex unzufrieden mit sich selbst, da er sich überrumpelt fühlte. »Aber ich kenne noch andere Dinge, die diese Erde schön und liebenswert machen.«

»Ich weiß, ich weiß«, winkte Hurst verstehend ab. »Aber ganz ohne diese Annehmlichkeiten ist die HUMAN SUCCESS nun auch wieder nicht. Zwar habe ich nichts Genaueres erfahren können, aber wenn ich mich nicht irre, gibt es ja sicherlich auch weibliche Personen auf dieser Erde, die sich frei und unabhängig wähnen. Nicht nur Männer.«

Rex horchte auf. Sein immer noch schwankendes Unterbewußtsein erlitt einen harten, letzten Stoß. Wenn ihm dieser Captain Hammond morgen eröffnen würde, daß – hm.

Rex erhob sich.

»Morgen mittag komme ich vorbei und sage Ihnen Bescheid. So oder so! Und ich gehe natürlich davon aus, daß Sie einen anständigen Vorschuß auf die Million zahlen – falls ich annehme. Jetzt kann ich noch Geld ausgeben! Wer weiß, wann ich wieder eine Gelegenheit dazu haben werde.«

Captain Hammond entpuppte sich als ein Mann, mit dem man reden konnte. Wenigstens so lange man seiner Meinung war. Rex King mußte das zu seinem Leidwesen erfahren.

»Also Sie sind der junge Mann, der die Story unserer zukünftigen Abenteuer niederschreiben soll? Hm, eigentlich hatte ich mir Sie anders vorgestellt, ehrlich gesagt.«

Rex war für einen Moment sprachlos, dann fing er sich wieder.

»Wieso anders?«

»Nun, ein wenig älter und reifer – nichts für ungut, junger Freund. Nicht, daß ich jüngere Menschen für weniger befähigt halte. Aber nach dem, was mir Hurst über den Mann und seine jahrelangen Erfahrungen erzählt hat, den er mir schicken würde, habe ich angenommen, Sie seien mindestens fünfzig Jahre alt.«

Der gute, alte Boß, dachte Rex und wurde weich, ehe er es überhaupt merkte. Laut sagte er:

»Hurst übertreibt gern. Aber ich wäre Ihnen nun sehr dankbar, wenn Sie mir ein wenig mehr über dieses ganze Unternehmen erzählen würden. Ich habe nämlich im Augenblick noch überhaupt keine Ahnung, um was es sich handelt. Ich weiß nur, daß Sie den Doppelstern Alpha Centauri anfliegen wollen. Aber warum und wieso, das ist mir unklar. Ich kann mir nicht vorstellen, daß Sie ein solches Wagnis nur aus purer Vergnügungssucht unternehmen.«

Hammond lachte laut auf.

»Vergnügungssucht! Hahaha! Das ist gut, mein lieber Mr. King! Nein, ein Vergnügen wird die Reise nicht, denn sie wird fünf Jahre dauern. Centauri ist viereinhalb Lichtjahre von uns entfernt.«

Rex hatte immerhin einige Ahnung von Astronomie und Astrophysik. Er war nicht umsonst der wissenschaftliche Reporter seiner Zeitung, die immerhin eine der größten der Welt war.

»Das heißt also mit anderen Worten, daß wir fast mit Lichtgeschwindigkeit fliegen werden. Das ist unglaublich!«

»Aber wahr! Haben Sie noch niemals etwas vom Photonenantrieb gehört?«

»Doch!« Rex dachte einen Augenblick nach. »Vor etwa fünfzehn Jahren ging die Sache kurz durch die Medien. Aber ich habe immer geglaubt, man hätte die Idee wieder fallengelassen.«

»Im Gegenteil! Man arbeitete an der Vollendung dieser Idee – und hatte Erfolg. Lassen Sie mich kurz wiederholen, was in den vergangenen Jahren geschah. Dann wird Ihnen auch klar sein, warum diese erste Expedition zu den Sternen unternommen werden soll. Im Jahre 1958 also schickte man den ersten unbemannten Satelliten auf die Reise. Er umkreiste einige Zeit die Erde, ehe seine Geschwindigkeit so weit herabsank, daß ihn die Zentrifugalkraft freigab und er in der Atmosphäre verglühte. Es dauerte nicht lange, bis vier künstliche Satelliten unseren Planeten umkreisten. Wir hatten welche – und die Russen. Ihre waren zwar etwas größer, aber kaum besser als unsere. Schon im Jahre 1961 begann man mit der Montage einer großen, bemannten Raumstation, die fünf Jahre später vollendet war. Die Erde hatte einen neuen Mond!«

Rex konnte sich noch gut erinnern. Er war damals gerade zehn Jahre alt gewesen. Sein Vater, ein begeisterter Amateur-Astronom, hatte ihm des öfteren den hellen, schimmernden Punkt am Himmel gezeigt, der dort oben seine genau berechnete Bahn zog.

»Ja, und dann war es kein weiter Schritt mehr bis zum Mond. Ein Jahr nach der Einweihung der Station landete das erste irdische Raumschiff auf Luna, blieb dort einige Erdtage und kehrte dann ohne Probleme zurück. Damit war der Bann gebrochen. Rußland erklärte sich zur Zusammenarbeit bereit, man vergaß die politischen Streitigkeiten, nachdem man einige Gefahrenherde in Europa endlich beseitigt hatte. Den Weltraum wollte man gemeinsam erobern.

Im Jahre 1970 startete die erste Rakete zum Mars – und kehrte sechs Monate später wohlbehalten mit einer unschätzbaren Ausbeute an Material und Erfahrung zurück. Man hatte die Schwierigkeiten der Raumfahrt allgemein überschätzt, stellte sich heraus. Das mag der Grund dafür sein, daß die Menschen mit der rasenden Entwicklung kaum noch Schritt zu halten vermochten.

Die Venus wurde erreicht, Stationen wurden auf ihr und auf dem Mars errichtet. Kunststoffkuppeln machten das Leben dort erträglich und sehr angenehm. Wir drangen bis zum Jupiter vor, mußten aber erkennen, daß nur die inneren Planeten für unsere Zwecke in Frage kamen. Selbst Merkur bot Lebensmöglichkeiten in der Zwielichtzone, natürlich nur mit den modernsten Hilfsmitteln der irdischen Technik. Schließlich hat Merkur keine Atmosphäre, während Venus und Mars eine haben, die sich noch dazu in ein atembares Luftgemisch umwandeln läßt.

Und dann kam das Jahr 1979! Praktisch gleichzeitig mit der Vollendung des Photonenantriebs wurde das erste funktionsfähige Modell eines Radiozyklotrons erschaffen. Wie Sie ja wohl wissen, eine Methode, die elektrischen Wellen derart zu beschleunigen, daß sie ein Mehrfaches der Lichtgeschwindigkeit erreichen. Radiomeldungen zwischen Mars und Erde schlichen nicht mehr durch den Weltraum, sondern wechselten in Sekundenschnelle hin und her. Übrigens berechtigt uns diese Erfindung zu der Hoffnung, daß wir in zehn Jahren vielleicht Raumschiffe haben, die die Lichtgeschwindigkeit bei weitem übertreffen werden. Die Möglichkeiten des Photonenantriebs sind noch längst nicht ausgeschöpft.«

»Was ist eigentlich dieser geheimnisvolle Photonenantrieb?« unterbrach Rex den Raumfahrer, der etwa vierzig Jahre zählen mochte.

»Ganz einfache Sache«, tat der den Einwand mit einer Handbewegung ab, als handele es sich um eine Kartoffelschälmaschine. »Ganz einfach, wenn man es erst einmal begriffen hat. Man kann eigentlich auch Strahlantrieb sagen, denn es ist etwas Ähnliches. Lichtstrahlen werden atomar erzeugt, verlassen im Heck das Raumschiff und treiben es so durch das absolute Vakuum des Raumes, der keinen Widerstand bietet. Mit Hilfe verhältnismäßig geringer Energien ist es somit möglich, in Kürze fast die Geschwindigkeit des Lichtes zu erreichen, das mit gleicher Geschwindigkeit in entgegengesetzter Richtung davonstrebt. Na, Sie werden das alles noch kennenlernen, wir haben ja so viel Zeit!«

Das erinnerte Rex an ein anderes Problem.

»Was fangen wir mit dieser Zeit an, Captain? Wenn ich mir das vorstelle: fünf Jahre in einer engen Kabine zu leben, keine Abwechslung, kein Kino und keine Bars! Keine Frauen!«

Hammond lehnte sich zurück, und ein flüchtiges Lächeln huschte über seine harten Züge.

»Sie müssen schreiben, damit haben Sie schon eine Aufgabe. Kino haben wir in Form eines Mikrofilmvorführraums. Sämtliche Filme, die man auf der Erde je gedreht hat, können Sie dort nach Belieben ablaufen lassen. Auch eine Bar gibt es. Es wurden sogar extra, genau wie im Speiseraum, besondere Gravitationsplatten eingebaut, damit Sie keine Schwierigkeiten beim Genuß Ihrer Cocktails haben. Und was die Frauen anbetrifft, mein lieber Mr. King, so befinden Sie sich in einem Irrtum. Die Besatzung der HUMAN SUCCESS besteht aus vierzig Mann technischem Personal. Von diesen vierzig ›Mann‹ sind zehn Frauen. Unabhängige, unverheiratete Frauen. Biologinnen, Chemikerinnen und Funkerinnen. Wenn Sie sich also unbedingt eine Freundin anschaffen wollen, bitte. Außerdem haben wir da noch Mack Johnes, einen erfahrenen Raumpiloten. Er ist mein Erster Offizier und stellvertretender Kommandant an Bord. Und, ja, da ist noch meine Tochter.«

»Ihre Tochter? Sie nehmen Ihre Tochter mit?«

»Sie wollte unbedingt! Meine Frau – ihre Mutter – ist tot, und sie ist ganz allein. Sie wollte bei mir bleiben. Sie ist zweiundzwanzig und kann tun und lassen, was sie will. Mir soll es recht sein. Wenn ich nicht so hundertprozentig davon überzeugt wäre, daß alles so klappt, wie wir es uns vorstellen, käme sie natürlich nicht mit. Aber wir werden wiederkommen!«

Dieser letzte Satz klang so bestimmt, daß Rex fast selbst davon überzeugt war, daß nichts passieren konnte. Mit fahrigen Fingern zündete er sich eine neue Zigarette an. Seine Augen überblickten erst jetzt mit wachsendem Interesse den kleinen Raum, der Hammonds irdisches Büro darstellte. Meist war dieser Hammond ja »auf Reisen«.

Hinter Hammonds Rücken hing eine große Fotografie an der Wand.

Diese Fotografie gab den letzten Ausschlag.

»Ist das dort Ihre Tochter?« fragte Rex fast atemlos.

Er hatte noch niemals ein schöneres Mädchen gesehen. Die sanften Augen standen in krassem Gegensatz zu den energischen Linien, die den Zügen fast etwas Hartes gaben. Dunkles Haar umrahmte das wohlgeformte Gesicht, dadurch die Härte wieder mildernd.

Diese Augen!

»Ja, das ist Jane. Ganz neue Aufnahme übrigens. Na, Sie werden sie ja kennenlernen, wenn Sie sich entschließen sollten, an der Reise teilzunehmen.«

»Natürlich komme ich mit!« rief Rex vorwurfsvoll. »Wer hat Ihnen denn nur einreden wollen, ich käme nicht mit?«

Sein Blick löste sich nur langsam von dem Bild, wanderte wieder zu Hammond.

»Aber Sie haben mir noch immer nicht gesagt, warum Sie diese Expedition unternehmen. Nur das möchte ich noch wissen.«

Hammond lehnte sich zurück.

»Ich bekam von den Regierungen der vereinigten Völker den Auftrag, die Quelle der geheimnisvollen Radiosendungen ausfindig zu machen, die seit mehr als zwanzig Jahren die Rundfunkamateure und die Radioastronomen beunruhigen. Man nahm an, sie kämen vom Jupiter, aber das hat sich als Trugschluß erwiesen. Erst neueste Forschungen haben die Vermutung bestätigt, daß diese regelmäßigen Sendungen weder von unserem eigenen Sonnensystem noch aus der Milchstraße zu uns gelangen. Sie haben nur eine einzige Quelle: Alpha Centauri!«

»Und wie hat man das festgestellt?«

»Der Weltraum ist gekrümmt!« sagte Hammond geheimnisvoll und lehnte sich mit einem Ruck vor.

»Kommen Sie mit – oder nicht?«

Rex warf einen letzten Blick auf das eingerahmte Foto an der Wand.

»Natürlich komme ich mit!«

## 2.

Die Zubringerrakete brachte Captain Hammond, seine Tochter, den Ersten Offizier Mack Johnes und Rex King zur Raumstation, die 1750 Kilometer über der Erdoberfläche schwebte.

Rex konnte sich des Eindrucks nicht erwehren, daß diese Station bewegungslos über der sich langsam drehenden Erde hing, was in gewisser Hinsicht sogar richtig war. Es war nicht das erste Mal, daß er hier oben in eine andere Rakete umstieg, um in den Weltraum hinauszufliegen. Aber bisher hatte es sich lediglich um Routineflüge gehandelt, die jeweils nur Wochen oder höchstens Monate dauern sollten.

Diesmal war jedoch alles ganz anders.

Die HUMAN SUCCESS war tatsächlich das Ergebnis menschlichen Erfolgs, sie trug ihren Namen zu Recht. Fast 150 Meter lang, hing sie reglos neben der runden Raumstation, durch dünne Metallstäbe mit dieser verbunden. Dadurch wurde die geringe Wirkung der Massenanziehung neutralisiert, und Station wie Schiff näherten sich nicht mehr, als diese Stäbe es zuließen. In der Mitte mochte die HUMAN SUCCESS einen Durchmesser von gut dreißig Metern haben. Winzige Andeutungen von Steuerflächen schienen mehr zur Verzierung da zu sein, als irgendeinem praktischen Nutzen zu dienen, aber Rex wußte noch nicht, daß man sie ausfahren konnte. Das Heck bestand aus einer wabenförmigen Fläche.

Zehn Minuten später öffnete sich vor Rex die innere Schleusentür. Zusammen mit seinen drei Begleitern betrat er den langen Mittelgang, der durch das ganze

Schiff führte. Rechts und links befanden sich die Türen zu den einzelnen Kabinen.

»Wir starten in dreißig Minuten«, gab Hammond bekannt. »Begeben Sie sich in Ihre Kabine, Rex. Dort finden Sie alles vor, was Sie benötigen. Schwierigkeiten wird es keine geben, da eine zu große und plötzliche Beschleunigung nicht notwendig wird. Wir steigern unsere Geschwindigkeit nur ganz allmählich – wenigstens wird Ihnen das so vorkommen.«

»Kann ich nicht mit Ihnen in den Kontrollraum kommen?«

Hammond überlegte eine Sekunde.

»Gut! Wenn Sie unbedingt wollen. Aber dich will ich jetzt nicht bei mir haben, Jane. Du legst dich hin. Schließlich ist das alles neu für dich.«

»Eben! Darum will ich auch dabeisein.«

Dagegen wagte auch Hammond keinen Protest einzulegen. Es schien fast so, als habe seine Tochter einen größeren Einfluß auf ihn als alle Vorgesetzten der Welt zusammengenommen.

»Dann komm mit!« knurrte Hammond.

Der Kontrollraum befand sich in der Spitze der Rakete und hatte eine durchsichtige Vorderkuppel, über die sich jederzeit dicke Metallplatten schieben ließen.

Der Blick auf die unbeschreibliche Sternenpracht war völlig frei und ungehindert. In unmittelbarer Nähe schwebte die Raumstation. Unten – die magnetischen Schuhe vermittelten den Eindruck von oben und unten – rollte ein mächtiger, grüner Ball – die Erde.

»Seht sie euch noch einmal an, wir werden sie zehn Jahre nicht sehen!« rief Mack Johnes heiter. »Wer weiß, wie sie sich inzwischen verändern wird. Zehn Jahre zählen in der heutigen schnellebigen Zeit doppelt und dreifach.«

Noch ahnte niemand die grausige Wahrheit seiner Worte.

Rex warf Jane einen Blick zu.

»Was machen uns schon zehn Jahre aus? Ob wir uns dort mit unseren Chefs herumärgern, oder ob wir in der HUMAN SUCCESS sorgenfrei und ohne allzu schwere Arbeit leben – bleibt sich das nicht gleich?«

»Sie sind ziemlich unbeschwert, wie mir scheint«, sagte Jane Hammond mit leichtem Vorwurf. »Haben Sie denn niemand, an dem Sie hängen?«

»Das schon«, gab Rex grinsend zu. »Aber diese Person befindet sich an Bord.«

Jane wandte sich ab, und eine steile Falte ermahnte Rex, in Zukunft weniger taktlos und weitaus vorsichtiger zu sein.

Doch schließlich hatte er ja zehn Jahre Zeit.

Durch die HUMAN SUCCESS ging ein leichtes Vibrieren. Das war alles, was die Menschen zu spüren vermochten, als das große Schiff seine Reise begann. Rex starrte fasziniert auf die Raumstation, die sich mit immer größer werdender Geschwindigkeit von ihnen entfernte und schon bald hinter ihnen im Nichts versank. Die Erde schrumpfte schneller und schneller zusammen, für kurze Augenblicke tauchte der Mond an der Seite auf, dann erlebte er das seltene Schauspiel, daß Mond und Erde die gleiche Größe hatten und wie zwei Schwesterngestirne im All schwebten. Dann aber war der Mond verschwunden, und nur noch die Erde strahlte in grünlichem Glanz. Ein heller, leuchtender Stern.

Nur noch Stunden, und auch sie würde hinter ihnen versinken.

In zwei Tagen würden sie an Pluto vorbei in die Unendlichkeit hinausschießen.

Rex sah auf die automatische Uhr, die mit dem irdischen Kalender gekoppelt war. Sie zeigte den 17. Juni 1981, 14:03 Uhr ostamerikanischer Zeit.

Vier Tage später, am 21. Juni, saß er in dem geräumigen Vorführraum und bewunderte zusammen mit Jane Hammond einen uralten Musikfilm. Die heißen Melodien erregten ihn fast noch mehr, als es die Nähe des Mädchens ohnehin schon tat. Wie unbeabsichtigt legte er seinen rechten Arm auf die Lehne ihres Sessels, berührte leicht ihr langes, glattes Haar.

»Wissen Sie eigentlich, Jane, daß ich nur Ihretwegen diese verrückte Reise mitgemacht habe?« begann er ein Gespräch.

Sie löste ihren Blick nicht von der Leinwand, die allerdings nur aus Tradition so hieß. Man konnte mattes Glas eigentlich kaum als Leinwand bezeichnen.

»So? Wie interessant!«

»Finden Sie auch?«

Er tat so, als bemerke er ihre Ablehnung nicht.

»Ja. Aber ich meine die Tatsache, daß Sie unsere Reise als ›verrückt‹ bezeichnen. Ich glaube kaum, daß Sie mit dieser seltsamen Auffassung genügend innere Kraft aufbringen werden, die kommenden zehn Jahre ohne deutlich erkennbare Schäden zu überstehen.«

»Wie meinen Sie das?« erkundigte er sich vorsichtig.

»Ganz einfach: Wenn Sie nur an Bord gekommen sind, um mit mir zu flirten, muß ich Sie leider enttäuschen. Und Enttäuschungen erträgt man nur dann ohne bleibende Schäden, wenn man eine echte Persönlichkeit ist und einen starken Charakter besitzt.«

Rex zog resigniert seinen Arm zurück.

»Lieber Gott! So dürfen Sie es nun auch wieder nicht auffassen! Man kann sich doch schließlich freundschaftlich unterhalten, ohne gleich das Schlimmste befürchten zu müssen.«

Sie mußte lachen und schien gar nicht mehr böse.

»Warum sagen Sie denn nicht gleich, was Sie unter einem Flirt verstehen? Gegen freundschaftliche Unterhaltung habe ich absolut nichts.«

Er legte den Arm wieder auf die Lehne.

»Dann ist es ja gut.«

Fünf Minuten lang schwiegen sie und folgten den Ereignissen auf der ›Leinwand‹. Dann kam wieder eine längere Tanzszene. Jane entsann sich, noch eine Antwort schuldig zu sein.

»Wenn Sie allerdings auf zehn Jahre Ihres bewegten Lebens verzichtet haben, nur um freundschaftliche Gespräche mit mir zu führen, dann muß ich Sie allen Ernstes für völlig verrückt halten. Für noch verrückter als jene Leute, die uns auf diese Reise schickten.«

Rex gab keine Antwort, ließ aber den Arm da, wo er war. So schnell hatte er nicht begriffen, was sie damit sagen wollte. Dann aber glaubte er, den Sinn entdeckt zu haben.

Er hatte sich nicht geirrt, denn sie wehrte sich nicht, als er sie küßte.

Für den Rest des Films konnten sie kein besonderes Interesse mehr aufbringen.

Es war zwei Wochen später, als ein seltsames Ereignis eintrat.

Eine der Funkerinnen riß sich plötzlich die Kopfhörer von den Ohren und sprang entsetzt auf. Dann eilte sie, ohne ein Wort zu verlieren, aus ihrer Kabine und lief in den Kontrollraum. Ziemlich formlos öffnete sie ohne vorherige Ankündigung die Tür und atmete erleichtert auf, als sie nur den Kapitän erblickte.

»Mr. Hammond! Ich – die Nachricht von der Erde...«

»Sie sollen mich einfach ›Captain‹ nennen«, korrigierte Hammond seelenruhig. »Merken Sie sich die Dienstvorschriften! Entweder nur ›Captain‹ – oder gleich Jack. Aber nicht Mr. Hammond! Also, was ist los? Sie haben endlich Verbindung mit der Erde bekommen? Warum hatten wir denn bisher keine?«

»Captain Jack! Ich kann es nicht begreifen, ich bin ganz durcheinander. Sie sagen, sie hätten ein neues Verfahren.«

»Moment mal, Kleines! Neues Verfahren? Haben Sie denn geantwortet?«

»Nein, es ging alles so schnell. Ich kann es immer noch nicht begreifen. Ich glaube, es ist ein Irrtum. Ich muß mich verhört haben.«

Hammond zeigte auf einen der Stahlstühle und meinte gutmütig:

»Nun setzen Sie sich erst einmal. Ich glaube, Sie könnten einen Urlaub gebrauchen. An die See. Oder ins Gebirge, was? Und jetzt erzählen Sie bitte der Reihe nach, was geschehen ist.«

Das junge Mädchen ließ sich in den Stuhl sinken und kauerte darin, als wollte man sie schlagen. Aber das war das letzte, woran Hammond dachte.

»Wie von Ihnen angeordnet, halten wir die Empfangsstation ständig besetzt. Aber hinter Pluto hörten die Meldungen von der Erde auf, obwohl wir ständig unsere Position durchgaben. Keine Antwort mehr. Sie meinten damals, das hinge mit der Kontraktion der Strahlen zusammen oder mit der Krümmung des Weltalls, ich weiß es nicht mehr. Jedenfalls haben wir keinen Funkverkehr mehr, seit wir mit neun Zehntel der Lichtgeschwindigkeit fliegen, obwohl unsere Radiowellen die hundertfache Geschwindigkeit erreichen.«

»Wir werden schon herausfinden, was das zu bedeuten hat. Aber was hat Sie denn so verwirrt? Es kann doch sein, daß es zwischen uns und der Erde eine Sperre gegeben hat, von der wir nichts wissen.«

»Das stimmt! Aber nun kam doch eine Meldung durch! Und sie kam unzweifelhaft von der Erde. Wenn auch...«

Sie stockte, als wage sie es nicht, weiterzureden.

»Wenn auch – was?« fragte Hammond so geduldig, wie er konnte.

»Haben Sie die genaue Entfernung zur Erde?« fragte das Mädchen plötzlich, ohne auf Hammonds Bemerkung einzugehen.

Der Captain sah überrascht hoch.

»Nein, leider nicht. Da wir uns mit Lichtgeschwindigkeit vom Sonnensystem entfernen, sind alle Messungen ungenau. Wir können sie nur schätzen. Allerdings sind diese Schätzungen relativ, denn sie haben unsere Eigengeschwindigkeit und unsere genaue Zeit als Grundlage.«

»Unsere Eigengeschwindigkeit? Wissen Sie ganz genau, daß Sie sich nicht irren? Wissen Sie ganz genau, daß die Instrumente nicht lügen? Wissen Sie ganz genau, daß wir nicht schneller fliegen als das Licht?«

Hammond betrachtete nachdenklich das Gesicht des Mädchens, das ihn angstvoll anstarrte. Die Augen waren weit geöffnet.

»Die Geschwindigkeit stimmt, soweit sich das feststellen läßt. Wir wissen ja genau, mit welcher Kraft die Lichtstrahlen aus den Düsen gestoßen werden, wir wissen genau, welche Energie notwendig ist, das Schiff vorwärts zu bewegen – kurz, wir kennen unsere eigene Geschwindigkeit.«

Das Mädchen beugte sich vor und flüsterte fast.

»Dann stimmt die Zeit nicht!«

Hammond lachte hemmungslos auf und hatte Mühe, seine Tränen zu unterdrücken. Als er sich wieder beruhigt hatte, setzte er sich auf den anderen Stuhl und wunderte sich, daß das Mädchen ihn reglos und fast mitleidig anblickte. Dieser Blick machte ihn unsicher. Sein Lachen verstummte jäh. Unwillkürlich näherte er sein Gesicht dem ihren, sah ihr scharf in die Augen und sagte, ebenfalls fast flüsternd:

»Die Zeit stimmt! Wir haben unsere Uhren, die gehen so präzise, wie nur eine Uhr gehen kann. Außerdem haben wir nicht nur eine, sondern mehr als hundert Uhren an Bord. Sie zeigen alle die gleiche Zeit und das gleiche

Datum. Aber nun sagen Sie mir doch endlich, wie die Meldung lautet, die Sie aufgefangen haben?«

Die Funkerin hatte gewissermaßen ihren toten Punkt überwunden. Sie machte einen ruhigen, fast befriedigten Eindruck.

»Nun, Captain. Machen Sie sich auf einen Schock gefaßt. Die Meldung lautet: ›An alle Raumschiffe! Feind hat neues Verfahren der Überbrückung interstellarer Räume entdeckt. Funkverkehr einstellen. Der Kriegszustand mit der Asiatischen Union ist seit heute früh fünf Uhr eine Tatsache. Marsstationen räumen‹.«

Das Mädchen schwieg. Aber Hammond hatte gesehen, daß sie noch etwas sagen wollte.

»Na und? Übrigens haben wir nur eine einzige Station auf dem Mars.«

»Sie sagten ›Marsstationen‹! Am Schluß der Meldung kam das Datum.«

Hammond begann plötzlich sehr bleich zu werden.

Seine Hände zitterten.

»Wie... war das Datum?« fragte er leise.

»Das Datum lautete: 27. April 2002«, sagte die Funkerin.

Hammond barg das Gesicht in seinen großen Händen. Fast fünf Minuten lang saß er so da. In dem Kontrollraum war es totenstill, und nicht das leiseste Geräusch war zu hören. Dann sah Hammond auf.

»Ich habe es geahnt. Aber ich habe es nicht geglaubt.«

Er erhob sich.

»Eine geringe Zeitverschiebung hatte ich einkalkuliert, aber nicht einen derartigen Sprung. Hören Sie genau zu, was ich Ihnen jetzt sage: Was wir jetzt miteinander besprochen haben, muß ein Geheimnis bleiben. Keiner der anderen darf erfahren, daß sie innerhalb zwei Wochen um 21 Jahre älter geworden sind. In Wirklichkeit sind sie es auch nicht, aber die Erde wurde es. Mein Gott! Einundzwanzig Jahre! Keiner von meinen

Freunden lebt mehr. Sie sind alle tot. Oder sie sind Greise, wenn wir zurückkehren.«

Seine rechte Hand legte sich auf die bebende Schulter des Mädchens.

»Uns beide verbindet jetzt ein Geheimnis - ein gefährliches Geheimnis! Denn würde einer der Leute die Wahrheit erfahren, so würde man die sofortige Rückkehr fordern. Und ich möchte auf der HUMAN SUCCESS keine Meuterei!«

Mack Johnes hatte Wache und beschäftigte sich damit, die einmalige Schönheit des Weltraums in sich aufzunehmen. Das tat er immer dann, wenn er allein war, denn er mochte die Bemerkungen von Captain Hammond nicht, der die Sterne als Sterne und die Spiralnebel als Spiralnebel bezeichnete. Für Johnes waren Sterne mehr als nur Sterne. Sie waren für ihn Erfüllung und fast ein Glaube. Und Spiralnebel waren für ihn Welten und unzählige Sonnensysteme, auf deren Planeten intelligente Lebewesen existierten.

Stundenlang konnte Johnes so hinter der durchsichtigen Stahlplastikwand stehen und in die Leere hinausstarren, die von seiner Phantasie belebt wurde.

Jetzt waren sie schon mehr als drei Monate unterwegs, rasten fast mit der Geschwindigkeit des Lichtes durch das All – und näherten sich doch nur kaum merklich jenem rötlich leuchtenden Stern, den die Menschen Alpha Centauri nannten.

Mack Johnes begab sich an das kleine Fernrohr, das neben dem Sessel des Hilfspiloten eingebaut war. Stundenlang konnte er hier sitzen, wenn er des Stehens müde geworden war.

Alpha Centauri war auf einmal kein einzelner Stern mehr, sondern deutlich konnte Johnes den Begleiter sehen. Die Doppelsonne!

Eigentlich seltsam, dachte er, daß ich es schon so deutlich sehen kann. Das Fernrohr ist verhältnismäßig schwach. Meinen Berechnungen nach müßte es zum Beispiel erst in drei Jahren möglich sein, die beiden Sonnen mit bloßem Auge unterscheiden zu können. Aber schon jetzt mit diesem besseren Opernglas? Hm, mehr als komisch. Sollte ich mich geirrt haben?

Einer inneren Eingebung folgend, trat er zurück und schaute ohne Hilfe der Linsen zu dem lockenden und gleichzeitig drohenden roten Punkt hinüber, der genau im Fadenkreuz des Zielfensters stand.

Er rieb sich über die Augen.

Wo sonst nur ein Stern gestanden hatte, standen nun zwei.

Mack Johnes verschlug es die Sprache. Das war doch nicht gut möglich! Oder sollten sie tatsächlich, wie man im Maschinenraum gemunkelt hatte, die Geschwindigkeit des Lichtes überschritten haben? Dann würde es aber bald Zeit, die Photonenbremse einzusetzen.

Aber das war ja Unsinn! Sie waren ja kaum zwölf Lichtwochen von der Erde entfernt!

Johnes fluchte laut und kräftig vor sich hin, wie er es immer tat, wenn er mit seinen Überlegungen nicht zum Ziel kam. Mit einem letzten Blick auf das soeben wahrgenommene Doppelgestirn beschloß er, ein ernstes Wort mit Captain Hammond zu reden, sobald dieser kam, um ihn abzulösen.

Aus dem ernsten Wort wurde nicht viel. Hammond nahm die Entdeckung seines Ersten Offiziers mit verdächtiger Gelassenheit zur Kenntnis und riet diesem dann, sich zur Ruhe zu begeben. Er würde schon das Nötige veranlassen.

Johnes hörte in seiner Kabine deutlich die dröhnende Stimme des Kommandanten, als dieser durch die Bordsprechanlage seine Anordnungen gab. Wie elektrisiert fuhr er von seinem Lager hoch, als das gleichmäßige

Summen der Lichtanlage plötzlich verstummte. Hammond hatte auf Batterie schalten lassen. Das würde er aber nur dann tun, wenn er die Absicht hatte, den Photonenantrieb einzuschalten.

Oder die Bremsen!

Eine leichte Erschütterung ging durch das Schiff.

Rex fühlte es auch, obwohl er stark beschäftigt war. Er löste sich aus den Armen von Jane Hammond und blickte sie fragend an.

»Was war das?«

Sie sah ein wenig verwirrt aus, was nicht nur auf Rex' Frage zurückzuführen war.

»Der Antrieb! Vielleicht will Vater versuchen, die Geschwindigkeit zu steigern. Bisher trieben wir ja – wörtlich genommen – mit eigenem Schwung.«

»Das möchte ich genau wissen!« bestand Rex mit der Neugier des Reporters auf einer Klärung. »Kommst du mit?«

Sie seufzte.

»Ich komme.«

Captain Hammond stand unbeweglich vor den runden Skalen und beobachtete die tanzenden Zeiger. Kaum bemerkte er, daß Jane und Rex in den Raum gekommen waren. Mack Johnes hielt sich an einer Handleiste fest, obwohl nicht der geringste Anlaß dazu bestand.

»Was ist los?« wollte Rex wissen. »Warum...?«

Sein Blick blieb auf dem Zielfenster hängen.

Groß und leuchtend standen dort zwei glühende Sonnen. Die eine erinnerte in Farbe und Umfang an eine Orange. Die andere war ein wenig kleiner und schimmerte bläulich.

Rex verstand genug von Astronomie, um sofort festzustellen, daß die Doppelsonne keine Lichtwoche mehr entfernt war.

»Captain! Was ist das? Haben wir ein neues System entdeckt?«

Hammond drehte sich um und sah ihn voll an.

»Das ist Alpha Centauri!«

Dann beschäftigte er sich wieder mit seinen Instrumenten.

Rex starrte hilflos auf die beiden Sonnen, dann auf Mack Johnes.

»Wie kommt das? Das kann doch überhaupt nicht möglich sein! So reden Sie doch, Johnes! Was ist geschehen?«

Johnes lächelte krampfhaft.

»Keine Ahnung, ich war genauso erstaunt wie Sie. Irgendein kosmischer Sturm muß uns vorangerissen haben, so daß unsere Geschwindigkeit ungeheuer groß wurde. Anders kann ich es mir nicht erklären, daß wir das Ziel schon so dicht vor uns haben. Wir werden Mühe haben, rechtzeitig abzubremsen. Die beiden Sonnen werden fast zusehends voller und größer. Wenn es uns nur gelingt!«

Hammond wußte zwar, warum die beiden Sonnen schnell größer wurden, aber er sagte nichts. Oft genug hatte er sich mit der Funkerin Miß Hall darüber unterhalten. Mit neuem Erschrecken wurde er sich gerade in diesem Augenblick wieder dessen bewußt, was sie ihm gesagt hatte: Mit jeder Minute, die wir hier erleben, vergehen auf der Erde viele Stunden. Soll man bei dieser Erkenntnis nicht einfach den Verstand verlieren?

Hammond hatte nicht den Verstand verloren. Im Gegenteil, mit fast gleichgültiger Entschlossenheit hatte er seine neuen Berechnungen aufgestellt und das Ergebnis Mabel Hall gezeigt.

»Also werden wir in einer knappen Woche auf einem der fünf Planeten landen, die jene beiden Sonnen umkreisen. Ich weiß nur noch nicht, wie wir es den anderen erklären sollen.«

»Keine Aufregung, meine Herren. Wir werden schon noch früh genug erfahren, warum wir so eine hervorragende Fahrt machten. Nur keine Aufregungen, das schadet dem Herzen!«

Johnes grinste vor sich hin. Der Alte hatte gut reden. Nur keine Aufregung! Als ob das kein Grund zur Aufregung wäre! In knapp vier Monaten eine Strecke von viereinhalb Lichtjahren zurückzulegen! In einem halben Jahr konnten sie wieder auf der Erde landen!

Mochten sich die anderen aufregen, er jedenfalls nicht!

Die Bremsdüsen saßen kreisförmig um die Bugspitze der HUMAN SUCCESS. Sie arbeiteten nach dem gleichen Prinzip wie der ganze Photonenantrieb. Auch mit der gleichen Energie. Das Schiff bremste also mit der gleichen Verzögerungsgeschwindigkeit, mit der es vor vier Monaten beschleunigt hatte.

Es dauerte Stunden, ehe sich die Verlangsamung bemerkbar machte. Die Färbung der Sterne veränderte sich ein wenig, besonders die der hinter dem Heck stehenden. Mack Johnes schaltete den Heckbildschirm ein und suchte die Sonne. Deutlich sah er sie, jetzt wieder ein heller, gelblicher Stern. Ihre Lichtstrahlen überholten sie jetzt wieder leichter – und schneller.

Die Alarmglocke der Funkkabine schrillte auf. Captain Hammond legte den Hebel des Empfangsgeräts um, auf dem Bordbildschirm erschien das Gesicht einer der Funkerinnen.

»Was gibt's, Jenny?« knurrte Hammond, seine Erregung verbergend.

»Funkzeichen!« entgegnete das Mädchen. »Ich kann sie jedoch nicht entziffern. Sie haben keinen Sinn.«

»Werden schon einen Sinn haben – wenn es Funkzeichen sind«, sagte Hammond nachdenklich. Dann: »Nehmen Sie die Zeichen auf Band auf, Jenny! Eine halbe Stunde lang, wenn es so lange andauert. Ich habe so eine merkwürdige Ahnung.«

Wenn Hammond Ahnungen hatte, wußte er meist etwas.

Die Funkzeichen dauerten an, hörten überhaupt nicht wieder auf.

Eine Stunde später saßen Jane, Mabel Hall und Rex King in der Privatkabine des Captains und starrten verwundert auf das Bandgerät, das vor ihnen stand. Was hatte Hammond vor?

»Das werde ich euch gleich erklären«, beantwortete er ihre heimliche Frage. »Wenn mich nicht alles täuscht, werden wir gleich den Beweis dafür haben, daß sich die irdischen Forscher vor 20 Jahren geirrt – und doch nicht geirrt haben. Paßt mal genau auf: Jetzt werde ich euch die Funkzeichen vorführen, die man in den Jahren 1950 bis 1955 in Sydney aufgenommen hat und von denen man glaubte, sie kämen vom Jupiter.«

Er schaltete das Gerät ein, das Band lief. Zuerst hörte man nichts, dann kamen verzerrte Geräusche, die an Störungen erinnerten. Knacken, Pfeifen – dann gleichmäßige Töne. In regelmäßigen Abständen. Wenigstens waren die Unregelmäßigkeiten irgendwie regelmäßig. Der Rhythmus jedenfalls war auffällig und gut zu merken.

»So, und jetzt eine Aufnahme aus dem Jahre 1958. Aufpassen!«

Sie konnten keinen Unterschied feststellen.

»Und nun kommt der Clou der Vorstellung, Freunde! Jetzt lasse ich das Band ablaufen, auf dem sich die Zeichen befinden, die unsere Funkerin Jenny innerhalb der letzten Stunde aufgenommen hat. Soll mich wundern, wenn das keine Überraschung gibt!«

Die Zeichen waren genau mit den vorher gehörten identisch, nur waren sie klarer und wesentlich deutlicher. Die knackenden Laute fehlten vollkommen, dafür gellten die Pfeifgeräusche um so lauter in ihren Ohren.

Es gab keine Zweifel mehr: Die damals gehörten Signale kamen tatsächlich aus dem Weltraum. Von Alpha Centauri!

»Irgendwelche Fragen?«

Captain Hammond schaltete ab.

Rex rutschte unruhig auf seinem Stuhl hin und her.

»Ja, schon. Wie kommt es, daß wir diese Zeichen erst jetzt hören, nicht schon vorher, während des Fluges?«

»Darüber habe ich mir auch schon den Kopf zerbrochen. Ich kann es mir nur so erklären, daß die von uns erreichte Lichtgeschwindigkeit damit zusammenhängt.«

»Die überschrittene Lichtgeschwindigkeit«, mahnte Rex.

Hammond blickte ihn erstaunt an, verbesserte sich dann hastig:

»Ja, natürlich! Wir müssen sie ja überschritten haben. Also, nur damit kann man es erklären.«

»Die Funkzeichen flitzten also so schnell an unserer Antenne vorbei, daß sie keine Zeit hatten, sich von ihr auffangen zu lassen?« fragte Jane und lachte laut auf. »Wenn ich mir das vorstelle!«

»Auch wenn du lachst, Jane – so stelle ich mir das allerdings vor. Oder hast du eine andere Erklärung?«

Hammond schien wütend zu sein.

»Nein, ich habe keine. Lassen wir es also dabei. Diese Lichtgeschwindigkeit wird uns noch manche Überraschung bereiten.«

Worauf du dich verlassen kannst, dachte Mabel Hall mit innerlichem Vergnügen, denn ihr war das so ziemlich gleichgültig. Sie hatte keinen Menschen auf der Erde zurückgelassen, den sie wiederzusehen wünschte.

Rex King lehnte sich vor und sagte bedeutungsvoll:

»Das bedeutet also, daß es im System Alpha Centauri einen Planeten gibt, der von intelligenten Lebewesen bevölkert ist?«

»Wenn das eine Frage sein soll, so möchte ich diese mit einem ›Ja‹ beantworten«, entgegnete Hammond im

Brustton der Überzeugung. »Ist das eine so große Überraschung für Sie?«

»Na – ich danke! Wer hätte das geglaubt?«

»Nur engstirnige Narren hätten das nicht geglaubt! Leute, die davon überzeugt sind, daß nur eine einzige Ähre in einem riesigen und unübersehbaren Kornfeld ein einziges Korn trägt. Weil sie vielleicht nur diese eine einzige Ähre abgepflückt und untersucht haben. Der Glaube, nur die Erde könne bewohnt sein, grenzt fast an Dummheit.«

»Und was ist mit – Gott?«

Rex hatte es gefragt, ein zweifelndes Lächeln umspielte seine Lippen. Er sah Hammond herausfordernd an. Der zuckte nur mit den Schultern und winkte ab.

»Gott? Wieso paßt Gott nicht zu der Tatsache, daß es andere bewohnte Welten gibt? Wer das annimmt, der hat keine gute Meinung von Gott. Er vergleicht Gott mit einem menschlichen Wesen. Aber Gott ist Gott und nicht das, was die Menschen aus ihm gemacht haben! Ein Schöpfer, der die millionenfache Variation pflanzlichen und tierischen Lebens erschaffen hat, wird auch genügend Phantasie besitzen, noch andere Welten zu bevölkern. Und die Fähigkeit! Nein, Gott paßt in dieses Bild. Er würde mich sogar bitter enttäuschen, wenn er nur den Menschen als höchstes Wesen im Universum hervorgebracht hätte.«

Rex gab keine Antwort. Aber sein Lächeln hatte sich verloren.

Hammond erhob sich.

»Ich möchte Johnes nicht zu lange allein lassen. Wir beginnen in wenigen Tagen mit dem Landemanöver. Bleibt nur noch die Frage offen, von welchem der fünf Planeten die Zeichen kommen. Aber das werden wir dann durch Peilung feststellen können, wenn wir nahe genug heran sind.«

Acht Tage später umkreiste die HUMAN SUCCESS den zweiten Planeten der roten Sonne, dessen Umlaufbahn merkwürdige Ellipsenform hatte, da zwei Gravitationsschwerpunkte auf ihn einwirkten. Er hatte fast die Größe der Erde und besaß Meere und Kontinente. In geringer Entfernung wurde er von einem kleineren und einem größeren Mond begleitet.

In niedriger Höhe glitt das irdische Raumschiff über weite Steppenlandschaften, wilde, zerklüftete Felsengebirge und dichtbewachsene Dschungelniederungen dahin. Zahlreiche Flüsse durchquerten die Ebenen und verrieten einen ungeheuren Wasserreichtum.

Proben der Atmosphäre ergaben, daß sie zwar fast die gleichen Bestandteile wie die der Erde enthielt, aber die zusätzliche, undefinierbare Beimischung eines unbekannten Edelgases – wenigstens konnte man es vergleichsweise als solches bezeichnen – würde das freie Atmen leider unmöglich machen. Die Enttäuschung war niederschmetternd.

»Vielleicht ist es unten auf der Oberfläche besser. Das Gas hat ein sehr geringes spezifisches Gewicht«, tröstete eine der Chemikerinnen.

Mit einer Geschwindigkeit von nicht mehr als 1000 km/h tauchte das Schiff in die unteren Schichten der Atmosphäre ein. Es glitt bald darauf dicht über ein glattes, sonnenbeschienenes Meer hinweg und näherte sich dem Kontinent.

Die stets gleichmäßig ertönenden Funkzeichen wurden stärker, schwollen zu fast unerträglicher Lautstärke an, als das Schiff sich der gewaltigen Stadt näherte, die sich plötzlich den Blicken der Menschen darbot.

Eine Stadt!

Riesige Hochhäuser ragten in den klaren Himmel, gigantische Türme drohten den Flug der HUMAN SUCCESS jäh zu unterbrechen. Wie aus einem Nebel heraus schien diese Stadt aufzutauchen, obwohl es da draußen doch völlig klar war und die Sicht nicht behindert wurde. Erst Hammond, der das Raumschiff in kühnem Bogen um das Hindernis gelenkt hatte, fand des Rätsels Lösung.

»Der Geschwindigkeitsmesser hat versagt! Wir haben mindesten 4000 km/h drauf! Wie ist das möglich? Die Skala zeigt aber nur 1000 an, noch nicht mal: nur 800. Merkwürdig – ich – hm...«

Der Rest ging in Gemurmel unter.

Hammond wußte plötzlich, warum die irdischen Maßstäbe hier versagten. Er wußte, warum hier andere Begriffe herrschten.

Aber er schwieg.

Zehn Minuten später sank die HUMAN SUCCESS in den staubigen Sand, der die weite Hochfläche bedeckte, die jenseits der Stadt lag.

Die Reise ins Ungewisse war beendet.

## 3.

Die Funkverbindung hatte bestätigt, daß die seltsamen Signale aus einem der Türme kamen, die sich innerhalb der Stadt befanden. Hammond beschloß, selbst an der Spitze einer Suchexpedition die geheimnisvolle Funkstation zu suchen – und zu finden.

Irgendwelche Zeichen von Leben hatten sie bisher noch nicht bemerken können. Die Stadt lag tot und leer und schweigend vor ihnen, keine zwei Kilometer vom Landeplatz entfernt. Man hätte ihre Landung bemerken müssen – falls es jemand gab, der das hätte tun können.

»Mein Gott!« stöhnte Jane auf. »Wenn diese Welt nun tot ist? Wenn die Bewohner ausgestorben sind? Was dann?«

»Dann werden wir ihre Überreste finden!« meinte Hammond lakonisch.

Die Luft war atembar, doch wenn man sich ihr zu lange aussetzte, so würde das gesundheitliche Folgen haben. Denn auch hier unten fanden sich Spuren des giftigen Gases, das die Atmosphäre zersetzte. Vielleicht war das der Grund, weswegen die Bewohner dieses Planeten ausgestorben oder geflüchtet waren. Hammond wurde von fünf Mann der Besatzung begleitet, die mit modernsten Strahlwaffen ausgerüstet waren. Weiter befanden sich Rex King, Mabel Hall und Jane Hammond bei dieser Expedition, die so überraschende Ergebnisse bringen sollte.

Ein tragbares Peilgerät fungierte als automatischer Führer.

Mit einem letzten Händedruck verabschiedete sich

Mack Johnes von den Menschen, die als erste den Boden eines außersolaren Planeten betreten würden. Dann schloß sich hinter ihnen die schwere Außenluke.

Fast zögernd kletterte Hammond voran und sprang schließlich entschlossen in den weichen, nachgiebigen Sand hinab. Die Schwerkraft der neuentdeckten Welt unterschied sich kaum von der irdischen. Nach Angaben der Chemikerin konnte die menschliche Lunge die Atmosphäre bis zu einem halben Jahr ohne merkliche Schädigung atmen. Sauerstoffgeräte waren also überflüssig.

Die Straßen der ausgedehnten Stadt bestanden aus einem glatten, fugenlosen Stoff, der an Stein erinnerte. Aber er mußte künstlich hergestellt worden sein, ähnlich wie Asphalt. Die Häuser besaßen Türen und Fenster und erinnerten derart an irdische Behausungen, daß Hammond, der anscheinend etwas ganz Außergewöhnliches erwartet hatte, seine Enttäuschung nicht verbergen konnte.

»Ich finde überhaupt keine Unterschiede! Das ist genauso wie auf der Erde. Dabei hatte ich immer geglaubt, daß irgendwelches Leben auf anderen Sternen sich so von dem unserigen unterscheiden würde, wie sich etwa eine Krähe von einem Hering unterscheidet. Das begreife ich nicht.«

»Warum soll denn die Entwicklung hier andere Wege eingeschlagen haben als bei uns?« kam Janes Gegenfrage. »Die Lebensbedingungen sind fast die gleichen wie bei uns, also auch die Voraussetzungen!«

Hammond gab keine Antwort. Er war neben Mabel stehengeblieben, die das Peilgerät suchend hin und her drehte. Der Pfeil zeigte endlich auf einen achteckigen Turm, der genau in ihrer Richtung lag.

»Die Signale kommen von dort!« sagte Mabel Hall. »Jetzt bestehen keine Zweifel mehr, daß sie von dieser Welt stammen.«

»Da hat es noch nie Zweifel gegeben – wenigstens bei mir nicht«, polterte Hammond, der seine Enttäuschung anscheinend überwunden hatte. »Meiner Meinung nach kann es sich nur um eine automatische Funkeinrichtung handeln, die aus einer unerschöpflichen Kraftquelle gespeist wird. Dieser Sender mag schon Jahrhunderte oder gar Jahrtausende in Betrieb sein. Seit eben diese unbekannte Rasse tot oder nicht mehr hier ist. Ich möchte nur wissen, welchen Zweck er erfüllen soll.«

»Wir werden das herausfinden!« behauptete Rex King, den eine unbeschreibliche Scheu gefangenhielt. Obwohl sonst für seine Schlagfertigkeit bekannt, hatte es ihm fast die Sprache verschlagen. Er war sich der Bedeutung seines großen Erlebnisses voll und ganz bewußt.

Im gewaltigen Sockel des Turmes befand sich eine rechteckige Öffnung. Eine Tür war nicht vorhanden.

Hammond sah sich suchend um. Dann nickte er befriedigt.

»Du kommst mit mir, Mabel«, zeigte er auf Miß Hall. »Du auch, Fred.« – Fred war einer der fünf Männer der Besatzung. – »Sie können mich ebenfalls begleiten, Rex. Jane, du bleibst hier unten mit den übrigen. Ich möchte im Fall einer Gefahr den Rückweg frei wissen!« schnitt er den beginnenden Protest Janes einfach ab. »Wenn wir in einer halben Stunde nicht wieder hier unten erscheinen oder von oben keine Zeichen geben, dann benachrichtigt per Funk das Schiff. Johnes soll zehn weitere Leute schicken. Schwerbewaffnet. Und dann könnt ihr nachkommen – und uns befreien! Falls das nötig sein sollte. Aber ich glaube es nicht.«

Er winkte mit der Hand, tippte seiner Tochter leicht auf die Schulter und schritt voraus. Rex folgte mit klopfendem Herzen. Fred und Mabel Hall schlossen sich an, ersterer die schußbereite Waffe in der Hand.

Ihre Schritte klangen hohl durch das Gewölbe, dessen Beleuchtung überraschend gut war. Fast schien es, als ob die Wände einen gleichmäßigen Schimmer von sich gäben, der das Tageslicht ersetzte. Denn auch hier würde es eine Nacht geben. Der Planet hatte eine Rotationsdauer von etwa 32 Stunden.

Irdischen Stunden! dachte Hammond bitter.

Sie fanden keinen Aufzug oder dergleichen, dafür aber Stufen. Und hier bekamen sie den ersten Begriff davon, wie groß die Bewohner dieser Welt einst gewesen waren – oder noch waren. Die Abstände der einzelnen Stufen betrugen 35 Zentimeter, was auf eine Größe dieser Lebewesen von etwa 3 Metern schließen ließ. Daher auch die übergroßen Fenster und Türen. Jedoch ergab das noch keinen Hinweis auf die äußere Form.

Der Aufstieg war anstrengend. Aber er lohnte sich.

Mabel Hall stieß einen kleinen Schrei aus, als sie hinter Hammond und Rex den runden Saal betrat, der die oberste Spitze des Turmes bildete.

Eine überdimensionale Funkstation.

Es gab keine Zweifel: dies war eine Funkstation! Zwar mochten hier oder da gewisse Abweichungen vorliegen, aber das Prinzip war das gleiche wie auf der Erde.

In der Mitte des Raumes lag ein einzelner, viereckiger Metallblock.

Hammond schritt vorsichtig weiter, blieb vor diesem Metallblock stehen. Seine Hände berührten ihn tastend, blieben dann darauf liegen. Er fühlte das schwache Vibrieren. Auf seiner Stirn bildete sich eine leichte Falte.

Mabel Hall zeigte in Richtung des durchsichtigen Daches, das sich über den Raum spannte.

»Die Signale kommen von dort!«

Sie sahen hinauf. Hoch über dem Dach schwebte auf einer langen Stange eine silberglänzende Kugel, deren Durchmesser mehr als einen Meter betragen mochte. Die Sendeantenne?

Rex verstand zu wenig von technischen Dingen, um genau sagen zu können, welches der vielen Geräte als

Sender oder Empfänger, als Verstärker oder Transformator dienen mochte. Aber Mabel Hall fand sich dafür um so besser zurecht.

»Dieser Metallblock ist eine Batterie. Eine gewaltige Atombatterie. Sie liefert den Strom für die Transformatoren und die Verstärker, die wiederum mit Hilfe einer Elektronenkreiselschleuder eine derartige Beschleunigung bewirken, daß die Funkwellen... Donnerwetter! Das Prinzip ist genau das unserer schnellen Funkwellen! Ich verstehe nur nicht, was diese ganze Anlage zu bedeuten hat. Die sich stets wiederholende Meldung ist derart kurz, daß sich kein Sinn daraus erarbeiten ließe. Wenn es sich wenigsten um eine längere – und langsamere Sache handeln würde. Ich meine immer, die Zeichen hätten sich auf der Erde anders angehört. Ob...«

Sie verstummte und warf Hammond einen Blick zu. Der nickte.

»Ich fürchte, deine Vermutung stimmt, Mabel.«

Mehr sagte er nicht, obwohl Rex allmählich stutzig wurde.

Zwischen Captain Hammond und Mabel Hall bestand ein Geheimnis!

»Welche Vermutung?« wagte er zu fragen.

Hammond gab keine Antwort, sondern zeigte auf eine fast plastische Karte, die den Sternenhimmel darstellte. Rex ging hinüber und nahm sie von der Wand, an der sie ohne jede sichtbare Befestigung haftete. Kein Nagel, kein Haken, nichts. Sie schien magnetisch zu sein.

Die Karte bestand aus einer Art Tuch, aber nicht das, sondern die eigenartig gestellten Farben ließen die Sternbilder auf dem schwarzen Untergrund plastisch hervortreten.

Hammond nahm Rex die Karte aus der Hand, rollte sie zusammen und schob sie unter den Arm.

»Die nehmen wir mit – sozusagen als Beweismaterial.«

Er sah sich suchend um.

»Mehr kann ich nicht entdecken. Mabel, was würde geschehen, wenn wir diese Station lahmlegten? Wenn wir sie zerstörten?«

Die Funkerin sah ihn mit einem so erstaunten Blick an, daß Hammond sich zu einer näheren Erklärung veranlaßt sah.

»Angenommen, es handelt sich bei diesen Funkzeichen um so eine Art automatischer Peilzeichen, um eine Orientierungsmöglichkeit uns noch unbekannter Wesen. Wenn sie das Zeichen nicht mehr hören, würden sie sich um diese Station kümmern – und wir hätten Gelegenheit, sie kennenzulernen. Handelt es sich jedoch um eine übriggebliebene Zivilisationseinrichtung einer ausgestorbenen Rasse, wäre nicht viel verloren.«

»Nein! Eine Zerstörung wäre sinnlos!« mischte sich Rex nachdrücklich ein. »Ich halte sie sogar für einen großen Fehler. Sollte es hier Lebewesen geben, so würden wir ihnen nur einen Anlaß zu feindseligen Handlungen geben. Wir müssen abwarten.«

»Abwarten? Worauf denn noch warten? Warten wir nicht schon eine Ewigkeit, ohne daß wir überhaupt wissen, worauf wir warten? Wenn wir nichts unternehmen, wird sich auch nichts tun!«

Mabel Hall hob die rechte Hand.

»Ich bin gegen jede Zerstörung. Vielleicht findet sich auch eine andere Lösung.«

»Welche?«

»Wenn ich genügend Zeit habe, werde ich mich mit der Einrichtung hier vertraut machen können. Ich kann dann ein neues Zeichen ausstrahlen. Jene Unbekannten – falls es sie noch gibt – würden den Unterschied bemerken und nach dem Rechten sehen. Aber wir würden ihnen nicht schaden. Wer weiß, welche Machtmittel sie besitzen.«

Hammond nickte widerwillig.

»Du magst recht haben. Also gut, ich stimme deinem

Vorschlag zu. Aber nicht mehr heute. Die halbe Stunde ist bald vorbei. Gehen wir.«

Mit einem letzten Blick auf die blitzenden Instrumente, die mit einer feinen Staubschicht bedeckt waren, verließen sie den Raum.

Jane erwartete sie mit Ungeduld.

»Noch eine Minute, und ich hätte zur HUMAN SUCCESS gefunkt. Die halbe Stunde ist gerade um. Was habt ihr gefunden?«

Hammond berichtete kurz und zeigte ihr anschließend die Sternenkarte.

»Sie wird uns gute Dienste leisten. Vielleicht gelingt es uns, mit ihrer Hilfe eine genaue Zeitbestimmung zu machen.«

»Das verstehe ich nicht.«

»Im Lauf der Jahrtausende verändern auch die Sternbilder ihre Gestalt«, erinnerte sie der Captain. »Wir können noch in dieser Nacht eine genaue Karte des Sternenhimmels fertigstellen, wie er von hier aus zu sehen ist. Und dann vergleichen wir einfach.«

Sie nickte verstehend.

»Ah – und dann wissen wir, wie lange diese Station schon funkt, beziehungsweise wann sie erbaut wurde?«

»Ungefähr wenigstens«, schwächte Hammond ab.

Der Vergleich der beiden Karten enthüllte, daß die Station vor mehr als 50 000 Erdenjahren erbaut worden sein mußte.

In Hammonds Kabine saßen der Captain und Mabel Hall. Vor ihnen standen die Bandgeräte.

»Wir haben somit den Beweis, daß diese beiden Meldungen identisch sind«, begann Hammond mit ungewöhnlich ernster Stimme. »Wir haben aber auch gleichzeitig den Beweis, daß wir uns damals geirrt haben. Nur einem seltsamen Zufall ist es zu verdanken, wenn beide

Aufnahmen sich gleichen. Die Wirklichkeit ist so, daß die gesamte Meldung der irdischen Aufnahme nur einem einzigen, kurzen Laut hier entspricht. Läßt man beide hintereinander ablaufen, so entsteht der Eindruck, die beiden Aufnahmen seien gleich. Sie sind es gewissermaßen auch. Aber anders, als wir bisher dachten. Kurz gesagt: die halbe Stunde Bandaufnahme, die man in Sydney damals machte, entspricht ungefähr einer hiesigen Sendezeit von etwa einer Sekunde. Weißt du, was das bedeutet?«

Sie starrte ihn aus aufgerissenen Augen an, ihr Gesicht überzog sich mit einer fahlen Blässe. Obwohl sie immer schon gewußt hatte, daß eine unfaßbare Veränderung mit den elementarsten Naturgesetzen vor sich gegangen war, wurde sie von einem namenlosen Grauen gepackt.

»Die – Zeit...?«

Er nickte und schien um Jahre gealtert.

»Ja, dic Zeit! Wir leben nicht mehr in der normalen Zeit, wie wir sie kennen. Ich habe gedacht, das sei nur der Fall, wenn wir uns mit einer Geschwindigkeit fortbewegen, die sich der des Lichtes nähert. Dann wären auf der Erde vielleicht 20 oder 30 Jahre vergangen, während es für uns nur neun oder zehn Monate gewesen wären. Schon allein diese Feststellung ist derart ungeheuerlich, daß ich es nicht wagte, sie unseren Reisegefährten mitzuteilen. Was hätten sie zu sagen gehabt, wenn sie erfahren hätten, daß wir erst im Jahr 2000 wieder zur Erde zurückkehren würden, obwohl sie nur ein knappes Jahr älter geworden wären?«

»Sie hätten die Rückkehr verlangt.«

»Ganz recht. Aber nun können sie keine Rückkehr mehr verlangen, denn es gibt nichts, wohin wir zurückkehren könnten.«

Mabel Hall legte ihre Hand auf seinen Arm.

»Warum denn nicht? Vielleicht irren wir uns?«

Er schüttelte den Kopf.

»Es gibt keinen Irrtum. Die Sternenkarte beweist es zu deutlich. Noch mehr aber dieser Vergleich der Funkzeichen. Der Zustand, in dem wir uns während des lichtschnellen Fluges befanden, hat nicht aufgehört. Er existiert weiter – er ist auch jetzt, in dieser Sekunde vorhanden. Mit jeder Sekunde, die auf der Uhr dort vertickt, vergeht auf der Erde eine halbe Stunde. Eine Stunde entspricht 1800 Stunden auf der Erde und im ganzen Sonnensystem. Mabel, wir haben jetzt den – sieh dort auf dem Kalender nach – 18. Oktober 1981. Wir waren also vier Monate unterwegs. Sagen wir: drei Monate im ganzen, mit Lichtgeschwindigkeit, was praktisch fast fünf Jahren relativer Flugzeit entspricht. Ich gebe zu, es ist ein bißchen kompliziert. Aber richtig! Multipliziere also diese drei Monate mit der Zahl 1800. Nun, was kommt 'raus? Richtig: 5400 Monate! Das sind genau 450 Jahre. Auf der Erde schreiben wir jetzt das Jahr 2421.«

»Wir müssen es den anderen mitteilen. Wir dürfen ihnen die Wahrheit nicht verschweigen!«

»Davor habe ich Angst. Wie soll ich ihnen erklären, daß mit jeder Minute hier mehr als ein ganzer Tag auf der Erde vergeht? Sie werden mich für verrückt halten.«

»Ich habe dich auch nicht für verrückt gehalten, sondern mich der kalten Logik der gegebenen Tatsachen gebeugt. Sie werden es nicht anders machen. Es gibt keine Auflehnung dagegen.«

»Nein, wir können nicht einen Sprung in die Vergangenheit machen, wie es überhaupt keine Reise in die Zeit gibt. Dies, was wir erlebt haben, ist die einzig existierende Möglichkeit einer Zeitreise.«

Mabel saß einige Augenblicke still am Tisch und war in tiefes Nachdenken versunken. Dann sah sie auf.

»Manchmal glaube ich, dir ist vielleicht ein Rechenfehler unterlaufen.«

»Wie meinst du das? Hast du noch Hoffnung, daß wir uns irren?«

Sie lächelte mühsam.

»Nein, die Hoffnung habe ich nicht mehr. Aber ich meine, du hast dich zu unseren – Gunsten verrechnet. Die Wahrheit sieht möglicherweise noch viel schlimmer aus.«

»Wie kommst du darauf?«

Sie nahm Papier und einen Stift zur Hand.

»Du erwähntest eine relative Flugzeit von fast fünf Jahren. Das ist der grundlegende Irrtum. Die relative Flugzeit betrug nur vier Monate, und diese Zeit hast du zur Errechnung benutzt. Du mußt die fünf Jahre mit der schrecklichen Zahl 1800 malnehmen.«

Hammond sprang auf und warf dabei den Stuhl um, der losgeschraubt worden war.

»Mabel! Das ist Irrsinn. Das wären ja – 9000 Jahre!«

»Ja! Auf der Erde sind inzwischen 9000 Jahre vergangen! So, und nun, glaube ich, kannst du Mack Johnes und deiner Tochter sowie diesem Rex King und der Mannschaft die Wahrheit mitteilen.«

## 4.

Captain Hammond hatte sich getäuscht. Sowohl Rex King wie Mack Johnes nahmen die ungeheuerliche Überraschung weder mit den Zeichen des Unglaubens noch mit Schrecken auf. Im Gegenteil, Johnes nickte nur und meinte:

»Ich habe gewußt, daß da irgend etwas nicht stimmen konnte. Nun bin ich fast beruhigt, weil ich weiß, was es ist.«

Rex King gab keinen Kommentar von sich. Er dachte nur mit stiller Wehmut an die zwei Millionen Dollar, die ihm ein gewisser Hurst bezahlen wollte, der nun schon seit 9000 Jahren tot war.

Die Mannschaft lachte zuerst, wurde dann aber ernst, als man ihr die Gründe und Berechnungen bekanntgab. Dann verlangten einige die sofortige Rückkehr zur Erde. Hammond erklärte ihnen, daß es nun auf »einige tausend Jährchen» auch nicht mehr ankomme. Langsam dämmerte dann auch den Ungläubigsten, daß es keine Rückkehr zur Erde mehr geben würde. Wenigstens nicht zu der Erde, die sie vor vier Monaten – oder 9000 Jahren verlassen hatten.

Zwei Tage nach ihrer Landung fanden sie das Filmarchiv und die Bücherei der ehemaligen Planetenbewohner. Anfänglich schöpften sie noch keinen besonderen Verdacht, aber als Rex King eines der dicken Bücher aus dem Regal nahm und es aufschlug, kam die Erkenntnis wie ein heftiger Donnerschlag über ihn.

Das Buch glitt Rex aus der Hand und schlug hart auf dem Boden auf.

Er schien fast zur Salzsäule erstarrt; nur seine Augen starrten hilflos auf Jane und Hammond, die ihn begleiteten.

»Was ist, King? Ist der Wälzer so schwer?« fragte Hammond.

Jane schob den Reglosen beiseite, bückte sich nach dem Buch und hob es auf.

»Schwer ist es schon, aber kein Grund, es fallen zu lassen«, kommentierte sie und betrachtete den wie erstarrt dastehenden Rex. »Was hast du? Hat dich der Schlag getroffen?«

Rex King wollte etwas sagen, brachte aber kein Wort heraus.

Jane schüttelte den Kopf, nahm das Buch und schlug es auf.

Diesmal war es Hammond, der sich bücken mußte, um es aufzuheben.

Aber Jane faßte sich schneller als Rex.

»Vater! Das Buch ist in – Englisch geschrieben! In Englisch!«

Hammond hielt das Buch unschlüssig in den Händen.

»In Englisch? Du bist verrückt!«

Er machte sich nicht einmal die Mühe, sich selbst vom Gegenteil zu überzeugen. Janes Bemerkung konnte nicht ernst genommen werden.

»Mir scheint, diese Sonne hier hat eine etwas – hm – verwirrende Wirkung auf die Gemüter der Menschen«, fuhr Hammond fort. »Soeben teilte mir Johnes mit, daß man Filme gefunden habe. Mikrofilme, die genau in unser Vorführgerät passen. Das kann Zufall sein, stimmt aber nicht mit unserer Vermutung überein, daß die Bewohner dieses Planeten größer waren als wir. Warum sollten sie ausgerechnet die gleichen Filme benutzt haben? Auch diese Bücher sind...«

Er verstummte jäh. Mit zitternden Händen hielt er das Buch, starrte darauf und wagte nicht, es zu öffnen.

Ihm war ein ungeheuerlicher Gedanke gekommen. Wenn Rex und Jane recht hätten...!

Er schlug das Buch auf.

Es war in englischer Sprache gedruckt.

Die Titelseite lautete:

»The Emigration of the Human Race.«

Und darunter der Verlag und das Erscheinungsjahr:

»Chester, New Chicago, Terra II, 2007.«

Rex hatte sich erholt, obwohl er nichts verstand. Er war neben Hammond getreten und erblickte die wohlvertraute Schrift.

»Die Auswanderung der menschlichen Rasse!« murmelte er verstört. »Vom Verlag Chester. Mein Verlag! Soll 2007 die Jahreszahl sein?«

»Es ist die Jahreszahl!« sagte Hammond. »Und Terra II ist dieser Planet, auf dem wir uns jetzt befinden.«

»Und – wie erklärst du dir das alles?« fragte Jane, die plötzlich ganz weiß im Gesicht geworden war. Ihre Stimme schwankte. Hörten denn diese gräßlichen Überraschungen gar nicht mehr auf? Das war mehr, als ein normaler Mensch auf Dauer ertragen konnte.

»Die Erklärung ist genauso einfach, wie sie unfaßbar ist«, murmelte Hammond geheimnisvoll. »King hat genau das richtige Buch herausgenommen. Es wird uns alles erklären – wenigstens wird es uns erklären, warum die Menschen zu Beginn des dritten Jahrtausends die Erde verließen.«

»Warum – die Menschen – im Jahre 2000 – die Erde verließen...?«

Rex Kings Gesicht war ein einziges Fragezeichen. Jane stellte fest, daß seine Knie leicht zitterten. Sie nahm es ihm nicht übel, denn sie selbst spürte eine plötzliche Schwäche und suchte nach einer Sitzgelegenheit. Sie fand sie in Form einiger herabgefallener Bücher.

Hammond blickte ernst zu ihr hinüber.

»Jetzt wissen wir wenigstens, daß auf der Erde kein

Mensch mehr lebt. Bleibt nur noch eine Frage zu klären: Wo sind sie geblieben? Denn auch hier – auf Terra II – gibt es keine Menschen. Aber sie müssen hier gewesen sein. Sie haben uns auf unserem Flug überholt, denn wir hatten Raum und Zeit gegen uns. Sie aber haben anscheinend ein Mittel gefunden, beides zu überwinden. Wir sind einige Jahre zu früh gestartet. Es ergibt sich somit die unfaßbare Tatsache, daß die Nachkommen derer, die uns auf diese Reise schickten, hier auf dieser Welt auf uns warteten. Ihrer Zeitrechnung nach benötigten wir für die Strecke Erde – Alpha Centauri mehr als 9000 Jahre. Sie müssen uns für verloren gehalten haben.«

Hammond blätterte in dem dicken Buch. Er betrachtete das Inhaltsverzeichnis, stutzte plötzlich.

»Da haben wir es schon. Mabel Hall hatte damals also doch recht, als sie die letzte Meldung von der Erde auffing. Ich habe es euch ja gestern erzählt. Hier steht: Der dritte Weltkrieg (2002–2009).«

Rex King setzte sich auf einen benachbarten Haufen von Büchern, dicht neben Jane.

»Also brach 21 Jahre nach unserer Abreise der Krieg aus? Man hätte mich sicherlich eingezogen.«

Hammond grinste.

»Und ob man das getan hätte! Und wer weiß, ob du dann heute noch leben würdest! Also nein, Kinder! Wenn ich nicht so einen gleichgültigen Charakter hätte, würde ich jetzt gleich anfangen, einfach den Irrsinnigen zu spielen. Dann brauchte ich über nichts mehr nachzudenken. Aber so...«

Jane erhob sich.

»Es steht also fest«, sagte sie sachlich, »daß diese Bauten von den Menschen stammen – von unseren Menschen der Erde?«

»Nein, das ist nicht gesagt. Die Ureinwohner können schon ausgestorben gewesen sein, als auf der Erde noch kein Mensch daran dachte, ein Raumschiff zu konstruieren. Aber anscheinend landeten die Bewohner der Erde hier – und blieben nicht lange. Ich möchte nur wissen, wie vielen Menschen damals die Flucht von der Erde gelang. Und dann möchte ich wissen, was mit den Zurückgebliebenen geschah. Und noch etwas würde mich interessieren: Wohin sind sie von hier aus weitergezogen? Wo sind sie geblieben? Konnten auch sie das seltsame Gas in dieser Atmosphäre nicht ertragen? Vielleicht gibt uns dieses Buch Auskunft. Wir werden noch nach anderen Berichten suchen, denn die Auswahl ist ja groß genug.«

Ein durch Funk herbeigerufener Elektrowagen schaffte die wichtigsten Bücher in das Raumschiff, das auch weiterhin die Wohnstätte der Expeditionsteilnehmer blieb. Die leere und tote Stadt war ihnen irgendwie unheimlich.

Mack Johnes empfing sie mit einer strahlenden Miene. Er war wirklich kaum noch zu überbieten in seiner Gelassenheit.

»Ich bin richtig froh, daß wir die Filme gefunden haben. Nun haben wir sogar die Fortsetzung zu einigen Reißern, die man uns damals mitgegeben hatte. Aber es sind auch Wochenschauberichte dabei. Krieg und so. Nicht gerade sehr aufmunternd.«

»Wir werden zuerst die Bücher studieren, sie geben einen besseren Gesamtüberblick. Die Filme vermitteln nur deutlicher die Einzelheiten.«

Captain Hammond ließ die Bücher in seine Kabine bringen und bat Rex King zu sich. Gemeinsam fertigten sie nach den einzelnen Inhaltsverzeichnissen eine Liste an, auf denen chronologisch die Ereignisse nach ihrem Start 1981 festgehalten wurden.

Die Liste sah etwa so aus:

1981: Start der HUMAN SUCCESS.

1987: Erfindung des »Photonenzyklotrons«, Antrieb

für Raumschiffe, schneller als das Licht. Methode verhindert Dimensionsverschiebung.

1995: Die HUMAN SUCCESS gilt als verschollen, denn man hat weder auf den Planeten des Alpha-Centauri-Systems eine Spur gefunden, noch kehrte sie von ihrer Reise zurück.

2002: Ausbruch des dritten Weltkriegs.

2009: Ende des Krieges, da kaum noch Überlebende. Erde durch radioaktive Strahlen der Solar-Kobalt-Bombe verseucht. Evakuierung zum zweiten Planeten des Alpha-Centauri-Systems geplant.

2015: Emigration beendet. Etwa 80 Raumschiffe, die bei jedem Flug mehr als zehntausend Menschen beförderten, kreuzten siebenmal zwischen den beiden Sonnensystemen hin und her.

2020: Trotz vielfältiger Schutzmaßnahmen ist der Einfluß der schädlichen Atmosphäre nicht zu mildern. Wenigstens nicht auf Dauer. Raumexpedition zum Sirius unterwegs.

2022: Sirius hat acht Planeten, ähnliche Verhältnisse wie im Sonnensystem. Dritter Planet eine zweite Erde. Unbewohnt.

2023: Beginn der zweiten Emigration. Der aufgefundene automatische Sender der Ureinwohner bleibt bestehen. Zweck unbekannt.

2026: Das letzte Schiff verläßt Terra II. Man erwartet immer noch die HUMAN SUCCESS, falls sie wie durch ein Wunder noch kommen sollte. Bücher und Filme werden zur eventuellen Information zurückgelassen.

Rex Kings Hände zitterten merklich, als er die letzten Worte schrieb.

»Das bedeutet, daß sie nur elf Jahre hier lebten. Und seit dieser Zeit sind nun fast 9000 Jahre vergangen – es ist unfaßbar! Wir schreiben heute das Jahr 11 000, einige hundert Jahre mehr oder weniger spielen ja da keine Rolle mehr. Ein Wunder, daß die Bücher nicht zu Staub zerfallen sind. Und die Filme! Sie sind noch gebrauchsfertig und wie neu.«

»Sowohl Filme wie Bücher sind aus einem uns unbekannten Kunststoff, daher. Doch eine andere Frage: Was nun? Sollen wir zur Erde zurückkehren – oder sollen wir gleich zum Sirius fliegen?«

Rex King dachte einige Zeit nach, ehe er antwortete.

»Wenn Ihre irrsinnige Theorie stimmt, daß wir uns in einer ganz anderen Zeitdimension befinden, wäre beides völlig ohne Sinn. Jene Menschen könnten wir überhaupt nicht wahrnehmen, selbst wenn sie vor uns stünden. Sie wären zu schnell für uns. Stellen Sie sich doch nur vor: Ein einziger Atemzug von uns — und für sie sind zwei Stunden vergangen. Wir müßten ihnen wie versteinerte Figuren erscheinen. Wir wären für sie tot, sie aber wären für uns unsichtbare Schatten. Nein, wenn es uns nicht gelingt, wieder in die normale Zeitdimension zurückzukehren, werden wir für immer Ausgestoßene und Einzelgänger bleiben. Die Natur macht keine Sprünge.«

»Aber sie hat doch einen großen gemacht. Mit uns!«

»Das ist etwas anderes. Ich glaube kaum, daß uns das gleiche noch einmal gelingt – zurück. Oder haben Sie eine Idee?«

Hammond schüttelte den Kopf.

»Nein, noch nicht. Vielleicht werde ich aber eine haben, später. Aber warum soll es keine Welten geben, die in der gleichen Dimension leben wie wir jetzt? Vielleicht sogar jene Menschen, die zum Sirius flohen?«

»Nein. In den Büchern wird betont, daß sie den Raum genauso überwanden wie die Zeit. Wir aber, Captain, haben nur den Raum überwunden. Nicht aber die Zeit!«

Hammond nickte schwer.

»Das stimmt! Also wird uns nichts anderes übrigbleiben, als hierzubleiben. Aber die Atmosphäre! Sie wird uns mit der Zeit vergiften.«

»Nein! Unsere Chemikerin hat zusammen mit Mabel

Hall eine wunderbare Entdeckung gemacht. Ich erfuhr es soeben, bevor ich zu Ihnen kam. Wenn der automatische Sender stillgelegt werden kann, haben wir in wenigen Wochen – alter, irdischer Zeit – keinen Giftstoff mehr in der Luft.«

»Wie soll ich das verstehen?«

»Ganz einfach. Die überstarken Frequenzen des Senders und die ausstrahlende Energie ionisieren eine bestimmte Schicht der Atmosphäre und zersetzen sie. Die einzelnen Elemente werden instabil und zum Teil radioaktiv. Wenn diese Bestrahlung aufhört, hört auch diese Zersetzung auf.«

Hammond beugte sich vor.

»Dieser Planet bietet genügend Lebensmöglichkeiten. Ich wundere mich nur, daß unsere – hm – Vorfahren nicht auf die gleiche Idee kamen.«

Der Entschluß, auf Terra II zu bleiben, wurde allgemein mit Zustimmung aufgenommen. Nur einige der Besatzungsmitglieder machten geltend, daß man sich von der Wahrheit dessen überzeugen sollte, was man in der Theorie einfach glaube. Man solle den Flug zur Erde zurück wagen. Er würde ja nur vier Monate dauern. Was also würde man versäumen? Hammond lehnte diesen Vorschlag strikt ab. Vielleicht später einmal, wenn die Verhältnisse es gestatten würden.

Am anderen Tage schwieg der Sender in dem großen Turm.

Schon eine Woche später war eine Abnahme der Giftgaskonzentration in der Atmosphäre zu bemerken. Dieses Problem war also gelöst.

Es schien, als sollte Terra II die neue Heimat der Menschen werden.

Rex King wanderte neben Jane Hammond durch die leeren Straßen der toten Stadt. Die weiten Fensteröffnungen und die großen Torbögen ohne jegliche Füllung flößten ihnen keinen Schrecken mehr ein. Sie hatten sich daran gewöhnt, Besitz von einer Zivilisation zu ergreifen, die schon lange tot gewesen war, ehe der Mensch überhaupt daran dachte, seine eigene aufzubauen. Jenseits der Stadt lag das Meer, zu dessen Strand sie wollten, um Fische zu fangen, von denen es hier mehr als genug gab.

Jane zeigte zu einer steil aufragenden Fassade.

»Was mag dahinter sein? Wir haben bisher kaum Zeit übriggehabt, die einzelnen Häuser zu untersuchen. Auch müssen wir unbedingt die anderen drei Planeten erforschen, die um die beiden Sonnen kreisen. Vielleicht tragen sie Leben. Noch nicht mal Terra II kennen wir, denn das Flugzeug ist noch nicht zusammengesetzt.«

»Es ist morgen fertig«, beruhigte sie Rex. »Mack Johnes und Fred werden eine Forschungsreise unternehmen. Ich möchte dabeisein.«

»Geh lieber mit mir, ich möchte die Häuser einzeln durchsuchen. Vielleicht finden wir einen wichtigen Hinweis. Es ist doch möglich, daß man etwas für uns zurückgelassen hat, ehe man Terra II verließ. Dort, jenes hohe Gebäude! Gehen wir!«

Hinter dem Eingang lag ungewisses Dunkel. Ein langer Gang führte zu einem halb zerfallenen Saal, in dem es nicht einen einzigen Einrichtungsgegenstand mehr gab. Kahle Wände, merkwürdig glatt und fugenlos, als habe man sie gegossen, strebten steil in die Höhe, trugen eine gewölbte Decke.

Sie fanden Stufen, erklommen sie mühsam im Schein der mitgebrachten Stablampen. Erst im dritten Stockwerk beschlossen sie, die eigentlichen Räume zu betreten. Vielleicht war es Zufall, vielleicht aber auch eine merkwürdige Fügung, daß sie nicht bis zum vierten Stockwerk weiterkletterten.

Rex ging voran, löschte die Lampe, als die Frontfenster genügend Licht einließen. Dann blieb er plötzlich stehen, drehte sich um und gab Jane ein Zeichen. Das Mädchen sah ihn erstaunt an, denn er hatte den Finger auf die Lippen gelegt.

»Was ist...«, begann sie, aber Rex trat schnell zu ihr hin und hielt ihr den Mund zu.

»Still!« flüsterte er in ihr Ohr. »Ich habe ein Geräusch gehört. Hier muß jemand sein – oder ›etwas‹. Vorsichtig!«

Sie nickte, ehe er die Hand zurückzog, die ihren Mund verschloß.

Dann drehte er sich nach allen Seiten um und bemerkte zu seinem nicht geringen Erstaunen, daß die Tür zum Nebenraum tatsächlich eine richtige Tür war und keine leere Öffnung wie gewöhnlich.

Die Tür hatte sogar eine Klinke, wenn sie auch eine andere Form hatte, als er sie von der Erde her gewohnt war.

Diese Klinke bewegte sich jetzt, senkte sich langsam nach unten.

Rex King fühlte, wie seine Haare sich aufrichteten und ein kalter Schauer des Entsetzens seinen Rücken hinablief. Neben ihm stand Jane, die mit aufgerissenen Augen auf die unerwartete Bewegung starrte und aufgehört hatte zu atmen. Beide packte namenloses Grauen vor dem Augenblick, in dem die Tür sich öffnen würde.

Und das konnte nur noch Sekunden dauern.

Rex King schob seine Hand blitzschnell in die Tasche, nachdem er die erste Lähmung überwunden hatte. Dort steckte der kleine Strahler, den er stets bei sich führte, obwohl er ihn bisher noch niemals gebraucht hatte.

Jetzt war die Klinke unten, bewegte sich nicht mehr.

Die Tür begann sich zu öffnen.

Unwillkürlich wich Rex einen Schritt zurück, denn sein Gefühl sagte ihm, daß nun etwas Entsetzliches passieren würde. Wer sollte schon in dieser toten Stadt leben? Ein Mensch konnte es nicht sein! Aber was denn sonst? Vielleicht einer der Bewohner dieser Stadt, den ein unfaßbarer Zufall vor dem Tod bewahrt hatte? Vielleicht ein – Ungeheuer? Ein Riese? Ein seltsames Lebewesen, gegen das der Strahler machtlos war?

Jane Hammond schrie auf, ihre Nerven hatten versagt.

Die Bewegung der Tür hörte sofort auf. Der – oder das – Unbekannte war gewarnt worden und hatte nun Zeit, sich auf die Begegnung vorzubereiten. Der einzige Vorteil, der auf der Seite der Erdenmenschen gelegen hatte – die Überraschung –, war damit dahin.

Rex King dachte an das alte Sprichwort, wonach Angriff die beste Verteidigung sei. Entschlossen richtete er den Strahler auf die Tür und begann, auf sie zuzuschreiten. Er schüttelte die Hand des Mädchens ab, die ihn zurückhalten wollte.

Jetzt hatte er die Tür erreicht, die einen Spalt offenstand. Rex versuchte, durch diesen Spalt in den Nebenraum zu blicken. Was er sah, war seltsam genug.

In der Ecke stand ein bettartiges Gestell, darunter lagen Unmengen von Konservendosen. Das Fenster war mit einem Tuch halb verhangen und verbreitete somit nur ein Dämmerlicht.

Rex gab sich einen innerlichen Ruck und dachte an Jane, die hinter ihm stand. Mit dem rechten Fuß stieß er die Tür zurück und trat schnell entschlossen in den anscheinend bewohnten Raum hinein.

Ihm gegenüber stand ein Mensch, ein Mann.

Er mochte etwa fünfzig Jahre alt sein, hatte einen langen, weißen Bart und tief in den Höhlen liegende Augen. Unzählige Falten durchfurchten sein Gesicht, gaben ihm damit etwas Friedliches, Sanftes. Rex wußte in der gleichen Sekunde, daß ihm keine Gefahr mehr drohte. Er ließ die Waffe sinken, schob sie achtlos in die Tasche.

»Wer sind Sie?« brachte er beherrscht hervor.

Der Fremde schien dem Klang der Worte nachzulauschen, dann erst stahl sich ein leichtes, glückliches Lächeln auf seine Züge. Er hob die dürren Arme, trat einige zögernde Schritte auf Rex zu. Seine Lippen bewegten sich, brachten aber nur ein undeutliches Gestammel hervor. Zumindest konnte Rex kein Wort verstehen.

Anders Jane. Sie war Rex gefolgt und hatte mit unbeschreiblicher Erleichterung statt eines seltsamen Ungeheuers diesen alten, friedfertigen Mann vorgefunden. Und sie verstand die gestammelten Worte.

»Er spricht französisch!« rief sie erstaunt. »Laß mich mit ihm reden!«

Sie trat auf den Unbekannten zu und hob ihre Hand.

»Wer sind Sie?« fragte sie, so ruhig sie konnte.

Erneut leuchteten die trüben Augen auf.

»Wer sind *Sie*?«

Rex mischte sich ein.

»Sage ihm, Jane, er möchte mit uns zum Schiff kommen. Dort können wir alles Weitere dann regeln. Der Alte wird Augen machen, wenn er das erfährt. Aber eine Frage möchte ich ganz gern jetzt schon klären: Wo kommt er her – und: ist er allein?«

Jane wollte die entsprechenden Fragen stellen, doch der Unbekannte hob abwehrend die Hand. Er starrte einige Augenblicke in eine Ecke des Zimmers – anscheinend, ohne wirklich etwas zu sehen –, dann begann er zunächst zögernd, doch bald immer flüssiger zu sprechen. Es hatte wohl an der Überraschung gelegen, daß er zunächst in die Sprache seiner Kindheit verfallen war, denn seine Geschichte erzählte er in einem zwar akzentbehafteten, aber problemlos verständlichen Englisch.

»Ich heiße Paul Faurrat und wurde in Frankreich geboren. Allerdings lebte ich die meiste Zeit in den Vereinigten Staaten, die meine zweite Heimat geworden waren. Ich war Raumpilot, und ich brachte viele hundert Passagiere sicher zum Mars und zurück zur Erde.

Dann aber erwachte in mir immer mehr der Wunsch nach Selbständigkeit, und ich hatte das Glück, schließlich von einer größeren Forschungsgesellschaft als Pilot und Kommandant eingestellt zu werden. Zwar war es noch immer nicht die ersehnte völlige Selbständigkeit, aber ich bekam ein eigenes Schiff mit einer hervorragenden Mannschaft. Meine Aufträge führten mich in alle Teile des Sonnensystems, das ich schließlich wie meine Westentasche kannte.

Erst einmal hatte ein irdisches Raumschiff den Versuch unternommen, in die Tiefen des interstellaren Raumes vorzustoßen, aber es war von seiner Reise noch nicht zurückgekehrt. Bevor das nicht geschah, durfte kein zweites Schiff diesen Versuch wagen.

Die Jahre vergingen, und ich war zufrieden. Doch eines Tages ließ mich der Boß rufen. Er tat so geheimnisvoll, daß mir gleich der Verdacht kam, es könne sich nur um einen recht außergewöhnlichen Auftrag handeln. Und ich hatte mich nicht getäuscht.

Larry Finnings saß hinter seinem gewaltigen Schreibtisch und sah mir lauernd entgegen, als ich sein Büro betrat. Er zeigte auf einen Sessel und bat mich, Platz zu nehmen. Schon diese ganze Atmosphäre erwartungsvoller Freundlichkeit ließ mich das Schlimmste befürchten.

›Tja, Mr. Faurrat, es ist also mal wieder soweit‹, begann er jovial. ›Wie war der Urlaub?‹

Ich erzählte ihm, daß mir die drei Wochen in den Bergen gutgetan hätten, und ich hoffte, auch meine Leute wären gut erholt aus den Ferien zurückgekommen. Wir hatten einen anstrengenden Auftrag im Asteroidengürtel hinter uns, wo die Wissenschaftler die um die Sonne schwebenden Erzbrocken regelrecht auseinandergenommen zu haben schienen.

Er strahlte.

›Das Schiff ist startklar?‹ erkundigte er sich. ›Es könnte sofort starten?‹

Auch das konnte ich seelenruhig bejahen, denn während meiner Abwesenheit war ein ganzes Heer ausgezeichneter Fachleute damit beschäftigt gewesen, es restlos zu überholen und wieder fitzumachen.

›Gut‹, sagte Finnings und beugte sich ein wenig vor. ›Dann kann ich Ihnen ja sagen, was Ihnen bevorsteht: Sie werden als erster Mensch die Oberfläche des Pluto betreten. Umrundet hat man ihn nun oft genug, aber ich möchte wissen, ob er lohnende Vorkommen an wertvollen Rohstoffen aufzuweisen hat. Mit den Echolotungen bin ich unzufrieden; sie sind unzuverlässig. Sie werden also landen, und die mit Ihnen fliegenden Fachleute werden ihr übriges tun. Es ist eine weite Strecke, aber mit Hilfe des Photonenantriebs schrumpft sie zu einem besseren Spaziergang zusammen. Seien Sie nur vorsichtig, damit Sie nicht auf dem Sirius landen.‹

Und er lachte, als habe er einen ungeheuer lustigen Witz von sich gegeben. Er konnte ja auch nicht ahnen, daß dieser Witz sich als schreckliche Tatsache entpuppen sollte.

Die Vorbereitungen nahmen einige Zeit in Anspruch, und ich erhielt somit Gelegenheit, mit einigen erfahrenen Leuten zu sprechen, die den Pluto bereits kannten. Es war der einzige Planet, den ich noch nie aus der Nähe gesehen hatte.

Ich erfuhr die widersprüchlichsten Tatsachen.

›Er muß ein ganz vertracktes Magnetfeld besitzen‹, erklärte mir ein alter Raumfahrer, dessen abenteuerliche Berichte schon viel Aufsehen in aller Welt erregt hatten. ›Zwar wollte ich nicht landen, aber mir war so, als würde mein Schiff abwechselnd angezogen und dann wieder abgestoßen. Es war einfach unmöglich, einen ordentlichen Kurs zu halten.‹

Unerklärlich, dachte ich und vergaß seine Worte. Ein anderer wiederum erklärte:

›Da mußt du auf der Hut sein, Paul. Pluto ist zwar nicht groß, hat aber seine Mucken. Wenn ihr also tatsächlich die Absicht haben solltet, auf ihm zu landen, schließt vorher eine Lebensversicherung ab.‹

›Warum?‹

Er wiegte den Kopf.

›Mir war, als lebe der Planet. Er schien unsichtbare Strahlen auszusenden, die unser Schiff abtasteten und es von ihm fernhielten. Es war, als hätten unbekannte Intelligenzen die Kontrolle übernommen und wollten uns unauffällig dazu bewegen, wieder zur Erde zurückzukehren.‹

Das hielt ich natürlich ebenfalls für blanken Unsinn. Auf Pluto konnte es überhaupt kein intelligentes Leben geben. Die Temperaturen waren zu niedrig, die Atmosphäre gefroren und die ganzen Verhältnisse eben unmöglich.

Und schließlich meinte ein dritter, den ich um seine Meinung fragte:

›Wir kennen alle Planeten unseres Sonnensystems, und nur auf Vieren können wir existieren. Was will der alte Finnings bloß ausgerechnet auf Pluto?‹

Das konnte ich ihm gerade nicht verraten. Trotzdem fuhr er fort:

›Ich habe den äußersten Planeten einmal in meinem Leben umkreist, aber ich möchte es nicht ein zweites Mal riskieren. Mir war, als drängten flüsternde Stimmen an mein Ohr und rieten zur Umkehr. Irgend etwas stimmt an Pluto nicht, das kannst du mir ruhig glauben. Dort wohnen böse Geister, die uns Menschen nicht gut gesonnen sind.‹

Ich lachte ihn aus und ließ ihn stehen.

Hätte ich nur auf ihn gehört.

An einem herrlichen Sommertag des Jahres 1991

starteten wir. Die Mannschaft war guter Dinge und froh, wieder ein Abenteuer erleben zu dürfen. Die Wissenschaftler kannten den Weltraum und richteten sich in ihren Kabinen häuslich ein. Sie begannen bereits mit ihrer Arbeit, als wir noch kaum die irdische Atmosphäre durchstoßen hatten.

Der Asteroidengürtel wurde überflogen, da wir eine zu hohe Geschwindigkeit besaßen, ausreichend manövrieren zu können. Jupiter und die auf unserer Seite der Sonne befindlichen Planeten kamen in Sicht und glitten vorüber. Pluto wurde ganz allmählich zu einem hellen Stern und schließlich zu einer weiß und grell leuchtenden Scheibe.

Ich hatte nicht viel Arbeit und hielt mich meist im Kontrollraum auf. Die Steuerung arbeitete automatisch, und ich hatte nichts anderes zu tun, als nach knapp sieben Tagen die Bremsverzögerung einzuleiten, indem ich das Schiff einfach drehte.

Da sich die Zentrale in einer Kuppel auf dem Rücken des Schiffes befand, schwenkbar und mit freier Sicht nach allen Seiten, spielte das für mich keine Rolle. Äußerlich machte sich keine Veränderung bemerkbar. Pluto kam näher und näher, ein kleiner, weißer und scheinbar harmloser Planet

Nur zögernd begann ich mich plötzlich an die Aussagen meiner drei Freunde zu erinnern, die versucht hatten, aus Pluto einen geheimnisvollen und mysteriösen Stützpunkt unbekannter Lebewesen zu machen. Obwohl ich das für ausgemachten Unsinn hielt, konnte ich nicht verhindern, daß mich ein unangenehmes Gefühl beschlich, je näher wir Pluto kamen.

Der Planet wurde größer, während unsere Geschwindigkeit weiter absank. Mein Erster Funker, gleichzeitig der stellvertretende Kommandant der Expedition, war bei mir in der Zentrale.

Ich kann mich noch genau an jede Einzelheit erinnern, die damals geschah. Mir scheint, als sei alles erst gestern gewesen, obwohl es bereits 25 Jahre her ist.

›Sie machen ein Gesicht, Faurrat, als stünden uns alle Schwierigkeiten der Welt bevor, dabei haben wir es in wenigen Stunden geschafft.‹

Ich war nicht seiner Meinung und sagte es ihm. Als ich von den Berichten der drei Raumfahrer sprach, verzog sich sein Gesicht zu einer Grimasse.

›Märchen‹, knurrte er verächtlich. ›Nichts als Märchen! Wer soll sich schon auf Pluto verbergen? Nein, warten Sie ab. Es wird alles gutgehen, und später lachen Sie dann über das Raumfahrerlatein, das Ihre Freunde da gesponnen haben.‹

Er konnte meine Bedenken zwar nicht restlos zerstreuen, erreichte aber immerhin, daß ich ruhiger wurde. Wenigstens solange, bis der Zweite Funker den Ausfall seiner Geräte meldete. Die Verbindung zur Erde brach damit ab. Alle Versuche, die Funkanlage wieder in Ordnung zu bringen, scheiterten. Es war, als sei ein Blitzschlag durch sie gegangen und habe alles verschmort, obwohl kein Hinweis darauf zu finden war.

Nun wurde auch der Erste Funker – er hieß übrigens Sander – sehr unruhig.

›Das ist einfach technisch unmöglich!‹ schimpfte er wütend. ›Die Geräte sind in Ordnung – und sie arbeiten *doch* nicht. Mir ist das ein Rätsel.‹

›Nun kann ich nicht einmal Finnings die bevorstehende Landung durchgeben‹, war meine größte Sorge. ›Wir werden uns auf eine deftige Strafpredigt gefaßt machen müssen.‹

›Sofern wir zurückkehren‹, wurde nun Sander plötzlich skeptisch. Ich schalt ihn einen Narren und wollte gerade den neuen Kurs errechnen lassen, um das Schiff auf eine Kreisbahn zu bringen, als es geschah.

Eigentlich geschah überhaupt nichts, und das war ja das Unheimliche. Lediglich wurde die Tür zur Zentrale mit einem heftigen Ruck aufgerissen, und schreckensbleich stürzte einer der leitenden Physiker zu uns herein. Ich wußte, daß er jetzt Dienst im Antriebsraum hatte.

›Captain – der Maschinenraum ist verrückt geworden...‹, stieß er hervor.

›Sie wohl auch‹, entgegnete ich und versuchte meinen plötzlichen Schrecken hinter diesen Worten zu verbergen. ›Was ist passiert?‹

›Der Reaktor – er ist wild!‹

Sander warf mir einen hastigen Blick zu und verschwand auf dem Gang. Ich hörte, wie er draußen in einen leichten Trab verfiel.

›Was heißt das – wild?‹ herrschte ich den verdatterten Physiker an.

›Er gehorcht nicht mehr den Kontrollen – ist doch einfach, oder nicht?‹ wurde er böse. ›Sie haben offenbar seit Minuten nicht mehr auf Ihre Skalen geschaut. Holen Sie das nach, Captain! Die Verzögerung arbeitet nach wie vor, aber die Gravitationsplatten verhindern, daß Sie die zehnfache Beschleunigung überhaupt bemerken. Sehen Sie dort – Pluto. Wird der Planet größer oder kleiner?‹

Ein eisiger Schreck fuhr durch meine Glieder, als ich die Wahrheit seiner Worte erkannte und Pluto kleiner werden sah.

Unser Schiff raste mit zehnfacher Erdbeschleunigung aus dem Sonnensystem hinaus.

Ich stürzte mit einem wilden Satz zu den Zentralkontrollen und schob den Hebel für den Heckantrieb auf Nullstellung. Ein Blick auf die Skalen zeigte mir, daß sich nichts änderte. Ungehemmt produzierte der Reaktor seine Photonen und jagte sie durch die Anlage. Sekunde um Sekunde schneller werdend, schossen wir hinein in die unermeßliche Wüste des interstellaren Raumes. Der Antrieb gehorchte nicht mehr.

Sander kam zurück.

›Nichts zu machen, soweit ich das beurteilen kann. Zuerst die Funkanlage hinüber, und nun auch die Kontrollen. Sagen Sie jetzt nur noch, das sei ein Zufall.‹

Ich sagte es nicht. Mit einem letzten Blick auf den entschwindenden Pluto und die merklich kleiner gewordene Sonne alarmierte ich alle Techniker und schickte sie in den Maschinenraum. Der Fehler lag offensichtlich nicht in der Zentrale oder an den Leitungen, sondern einzig und allein beim Reaktor selbst.

›Die Cadmiumbremse hat versagt‹, meinte einer der besten Fachleute auf diesem Gebiet. ›Es muß uns gelingen, sie wieder in Betrieb zu setzen.‹

›Wer soll denn die Stäbe 'rausgezogen haben?‹ wunderte sich ein anderer vorwurfsvoll. ›So ganz von allein können sie sich doch nicht bewegen.‹

›Telekinese‹, murmelte jemand, der dafür bekannt war, in seinem privaten Gepäck utopische Romane mitzuführen. Deshalb hörte niemand auf ihn.

Eine Lösung wurde daher nicht gefunden, denn heute weiß ich, daß dieser Mann recht hatte. Auf Pluto mußte sich eine Station außerirdischer Intelligenzen befinden, die jeden Kontakt vermeiden wollten. Mit ihren übersinnlichen Fähigkeiten hatten sie einfach über Tausende von Kilometern hinweg die Cadmiumstäbe herausgezogen, die normalerweise die atomaren Prozesse abbremsen. Ohne jede Kontrolle beschleunigte somit unser Schiff und raste der Unendlichkeit entgegen.

›Läßt sich der Reaktor öffnen?‹ frage ich, obwohl eine solche Maßnahme nur auf der Erde und unter allen erdenklichen Schutzmaßnahmen erlaubt war. Im Augenblick jedoch kümmerten mich keine Vorschriften der Welt.

›Theoretisch ist das möglich‹, gab einer der Techniker zu. ›Aber verdammt riskant!‘

›Wir sollten vielleicht erst einmal abwarten‹, schlug jemand anders vor. ›Würden wir in unser System hineinfliegen, wäre Eile geboten, aber so kann uns nicht viel geschehen. Ich bin gern bereit, die Reparatur in ein oder zwei Wochen durchzuführen, wenn sich bis dahin nichts anderes ergeben hat.‹

Und dabei blieb es.

Steuerlos und mit stetig wachsender Geschwindigkeit jagte unser Schiff durch das All, durch Zufall genau auf Alpha Centauri zu. Eine Woche verging. Ersparen Sie es mir, Ihnen diese Woche zu schildern. Es waren Tage und Stunden grauenvollen Wartens und Hoffens, während die Sonne hinter uns versank. Um uns waren nichts als die Sterne, weit und kalt und drohend.

Dann zwang mich eine andere Überlegung, die gefährliche Reparatur voranzutreiben. Die Skalenanzeiger funktionierten fehlerlos, und sie waren es, die mir plötzlich einen heillosen Schreck einjagten.

Das Schiff beschleunigte noch immer, aber nicht mehr mit zehn, sondern fast mit hundert g – eine bisher nur theoretische Zahl. Der Geschwindigkeitsmesser näherte sich dem Anschlag – der Lichtgeschwindigkeit. Und der Treibstoffanzeiger sank gegen Null. Vergessen Sie nicht, daß unser Schiff für den interplanetaren Raum gedacht war und daher nur beschränkte Treibstoffvorräte besaß. Wenn im Reaktor keine spaltbare Materie mehr vorhanden war, würde jede Rettungsmöglichkeit ausfallen.

Ich befahl also, den Reaktor zu öffnen.

Die für den Notfall vorhandenen Bleiwände wurden herabgelassen und so der Maschinenraum hermetisch vom übrigen Schiff abgeschlossen. Drinnen in der Strahlungshölle blieben nur zwei Techniker, in dicke Schutzanzüge verpackt. Direkte Leitungen verbanden uns mit ihnen. Wir konnten den Fortschritt ihrer Arbeiten verfolgen.

Inzwischen jedoch gab es eine weitere Hiobsbotschaft.

Der Bordastronom brachte sie mir.

›Captain, seit Tagen beobachte ich mit peinlicher Genauigkeit gewisse Vorgänge draußen im All. Ich kann mir sehr viele auch jetzt noch nicht erklären, aber eine unbestreitbare Tatsache bleibt eine solche, auch ohne Erklärung.‹

›Ja?‹ machte ich abwartend.

›Sie sagen, der Treibstoff wird knapp und reiche so gerade, uns zum Sonnensystem zurückzubringen, das knapp vier Lichttage von uns entfernt ist. Habe ich Sie richtig verstanden?‹

›Sie haben‹, murmelte ich unsicher. ›Und?‹

›Der Haken bei der Geschichte ist, daß unsere Sonne etwa vier Licht*jahre* von uns entfernt ist, keine Licht*tage*! Zwar haben wir nur vier Tage benötigt, aber in ihnen vier Lichtjahre zurückgelegt. Fordern Sie um Himmels willen keine Erklärung von mir – Sie würden nur das zu hören bekommen, was die Wissenschaft schon lange in der Theorie kennt. Zeitdilatation!‹

Natürlich war mir das alles zur Genüge bekannt, denn auch bei Flügen innerhalb des Sonnensystems verschoben sich die Zeitebenen, wenn auch nur um Sekunden oder höchstens Minuten.

›Vier Jahre!‹ schnappte ich nach Luft. ›Das ist doch...!‹

›Nein, es ist absolut nicht unmöglich‹, schnitt er mir einfach das Wort ab. ›Wir müssen fast mit Lichtgeschwindigkeit geflogen sein – und da kann allerhand geschehen. Würde der vorhandene Treibstoff reichen, um noch einmal auf Lichtgeschwindigkeit zu beschleunigen? Denn wenden werden Sie jetzt wohl kaum können.‹

›Das schon, aber es hilft uns nichts. Wir brauchen die gesamte Energie, den Flug abzustoppen – und es bleibt nichts, ihn dann wieder aufzunehmen. Steuern können wir jetzt auch nicht. Hm...‹

Der Astronom räusperte sich.

›Wenn Sie jetzt die Verzögerung einschalten würden, könnte es gelingen, ein Hinausschießen über Alpha Centauri zu vermeiden. Vielleicht bliebe genügend Energie, dort zu landen - wenn es einen geeigneten Planeten gibt.‹

›Alpha Centauri?‹

Ich habe sicher nicht sehr intelligent ausgesehen, als ich das sagte. Aber nach vier Tagen Flug schien es mir instinktiv unwahrscheinlich, näher an Alpha Centauri zu sein als an der Sonne. Und doch war es so!

›Wir werden sonst für immer in der Weite des Kosmos verschwinden‹, gab der Astronom zu bedenken. ›Besser Centauri - als nichts! Es besteht die Aussicht, daß man uns eines Tages findet.‹

Ich gab ihm keine Antwort, sondern rief die beiden Techniker im Maschinenraum.

›Wie lange noch?‹

›Haben wir gleich. Die Stäbe sind herausgezogen, so daß der Zerfallsprozeß ungehindert fortschreitet. Die Verbindung mit dem automatischen Regler ist unterbrochen. Der Magnet hat keinen Strom. Was sollen wir tun?‹

›Stäbe einschieben‹, befahl ich, denn nur im antriebslosen Flug konnte ich das Schiff wenden. ›Und in genau fünf Minuten wieder voll herausziehen.‹

›Herausziehen?‹ kam der erwartete Protest.

Ich seufzte.

›Ja, herausziehen. Ich wende das Schiff inzwischen. Der Antrieb wirkt dann als Verzögerung. Wir werden auf einem Planeten des Alpha-Centauri-Systems landen.‹

Ohne die Antwort abzuwarten, kehrte ich in die Zentrale zurück und wartete, bis die Beschleunigungsanzeiger auf Null fielen. Dann brachte ich die Gyroskope in Bewegung und wendete das Schiff. Nun zeigte der Bug wieder nach dort, wo die Sonne stand, das Heck aber richtete sich gegen die gefährlich angeschwollene Doppelsonne von Alpha Centauri.

Minuten später setzte der Antrieb wieder ein.

Und zwar mit aller Kraft. Wir bremsten mit hundertfacher Erdbeschleunigung. Und dann reichte die Skala nicht mehr aus.

Der Verbrauch an spaltbarer Materie stieg enorm, der Zeiger sank immer tiefer. Bald würde unser Vorrat aufgebraucht sein.

Was dann geschehen würde, war allen klar.

Der folgende Tag war ein Wettrennen mit dem Tod. Die Geschwindigkeit sank, der Treibstoffanzeiger sank. Es kam nur darauf an, welcher der beiden Zeiger zuerst den unteren Anschlag berührte.

Und das Wunder geschah.

Fast gleichzeitig passierten drei Dinge:

Wir glitten in eine Kreisbahn um diesen Planeten, die Geschwindigkeit stimmte haargenau – und der Treibstoff war zu Ende.

Für den Augenblick konnten wir aufatmen.

Ich befahl der gesamten Mannschaft, sich zur Ruhe zu begeben und sich auszuschlafen, denn mit müden Leuten ist kein Wagnis erfolgreich durchzuführen. Für den dritten Tag setzte ich eine große Einsatzbesprechung an.

Natürlich schlief niemand drei Tage, aber das Nichtstun beruhigte die Nerven. Wir beobachteten die Oberfläche des unter uns dahinrollenden Planeten und entdeckten sehr bald die Städte. Leben allerdings ließ sich aus der großen Höhe nicht feststellen. Auf keinen Fall aber besaßen die mutmaßlichen Bewohner die Raumfahrt, sonst wären wir bereits entdeckt worden. Aber uns war alles gleich. Selbst ein völlig toter oder ausgestorbener Planet wäre uns recht gewesen.

Unsere Instrumente zeigten eine atembare Atmosphäre an, lediglich eine geringe Beimischung eines unbekannten Gases würde eine metabolische Umstellung erforderlich machen. Unser Mediziner nahm uns alle unsere Bedenken, als er schließlich herausfand, daß in genügender Menge vorhandene Tabletten – ursprünglich für einen anderen Zweck bestimmt – diese Umstellung beschleunigen würden.

Am dritten Tag fand die geplante Besprechung statt. Ich erläuterte etwa folgendes:

›Wir stehen vor der einfachen Entscheidung, mit dem vorhandenen konventionellen Treibstoff der eingeschlagenen Kreisbahn zu entkommen und mit einer Höchstgeschwindigkeit von 100 Kilometern in der Stunde zur Sonne zurückzukehren. In etwa 1000 Jahren würden wir somit die Erde erreichen. Ich glaube, Sie alle werden diese Möglichkeit von vornherein ablehnen.

Die zweite Möglichkeit ist: Wir bleiben in dieser Bahn und betrachten das Schiff als unsere Heimat. Lebensmittel und Luftvorrat reichen für den Rest unseres Lebens.

Die dritte Möglichkeit ist die Landung mit dem konventionellen Treibstoff. Ich sehe darin keine besondere Gefahr, wenn auch die Steuerung nicht mehr einwandfrei funktioniert. Sie läßt sich jedoch auf Anweisung von der Zentrale im Maschinenraum bedienen. Wir müßten also behelfsmäßig die Landung vornehmen. Immerhin bestünde dann die Möglichkeit, künftig ein einigermaßen normales Leben zu führen.‹

Sie werden sich denken können, daß nicht sehr viel diskutiert wurde. Alle waren für die Landung.

Und so landeten wir.

Noch heute mache ich mir Vorwürfe, die Schwierigkeiten unterschätzt zu haben. Am Anfang ging alles glatt. Die Notdüsen traten in Tätigkeit und verringerten unsere Geschwindigkeit. Langsam sanken wir tiefer und drangen in die obersten Schichten der Atmosphäre ein. Die Gyroskope stellten das Schiff aufs Heck. Ich schaltete um, und dann begannen die Landedüsen zu heulen. Ein wenig schwankend sackten wir ab, aber ich konnte das Schiff noch halten.

Sie wissen selbst, wie selten diese alten Düsen noch

benutzt werden. Vielleicht haben Sie an Ihren modernen Schiffen schon keine mehr. Wir jedenfalls betrachteten bereits 1991 den fast historisch anmutenden Antrieb mit flüssigem Treibstoff als unnötige Spielerei. Nun, immerhin ermöglichte er uns in unserem Fall die Landung.

In etwa zehn Kilometer Höhe spuckte eine der Düsen und setzte aus.

Die Leitung mußte irgendwo unterbrochen sein.

Mit den restlichen fünf gelang es mir nicht mehr, das Schiff senkrecht zu halten. Es stand schräg, während es niederging. Wir hatten bewußt einen Landeplatz in Nähe dieser Stadt gewählt, aber da nun jede Steuermöglichkeit fehlte, konnte ich nicht verhindern, daß wir genau auf die Stadt zu fielen.

Ich dachte an die eventuellen Bewohner und machte einen Fehler. Um keine Menschenleben dort unten zu gefährden – wir wußten immer noch nicht, daß es hier überhaupt kein Leben gab –, schaltete ich eine weitere Düse aus und hoffte, mit vier gleichmäßig verteilten Auspuffstrahlen die Stabilität des Schiffes wiederherzustellen.

Das gelang mir sogar. Senkrecht fielen wir nun – aber wir *fielen*! Die Schubkraft reichte nicht mehr aus, uns zu halten.

Ich schaltete die fünfte Düse wieder ein, das Schiff legte sich schräg – und so landete es auch. Mit einer Geschwindigkeit von fast einem halben Kilometer pro Sekunde schlugen wir auf.

Nur wenige von uns überlebten die Katastrophe.

Darunter auch Sander.

Niemand machte mir später einen Vorwurf, denn wir hatten genug damit zu tun, die Lebensmittel aus den Trümmern des Schiffes zu bergen, das niemals mehr fliegen würde. Wir verteilten sie gerecht und richteten uns häuslich ein – von Wohnungsnot konnte ja wirklich nicht die Rede sein.

Als zwei der Überlebenden dann noch an den Folgen ihrer Verletzungen starben, blieben nur noch ein Techniker, Sander und ich übrig.

Der Techniker starb vor dreiundzwanzig Jahren, Sander vor zwanzig.

Und damit wurde ich der einzige Einwohner dieser Welt. Dieser ganze Planet im Alpha-Centauri-System gehörte mir.

Er gehörte mir, bis Sie kamen. Menschen meiner Welt, die mich nun endlich gefunden haben, nachdem ich jede Hoffnung aufgeben hatte, jemals wieder einen Menschen zu sehen. Es hat lange gedauert, bis die nächsten Menschen nach mir Alpha Centauri erreichten. Und obwohl es schon welche vor mir versuchten und niemals hier ankamen, nach mir scheinen Sie die ersten zu sein, die unser Sonnensystem verließen.

Ich werde die Erde wiedersehen!«

Rex und Jane sprachen lange kein Wort. Alles in ihnen sträubte sich dagegen, diesen armen, verzweifelten Mann, den nur noch die Hoffnung aufrecht hielt, enttäuschen zu müssen.

Schließlich aber gewann der Realismus die Oberhand. Und die menschliche Neugier.

Rex fragte Paul Faurrat:

»Wann sind Sie hier gelandet?«

»Vor genau 25 Jahren«, gab der Franzose Auskunft. »Im Jahr 1991 – der automatische Kalender, den ich zu retten vermochte, zeigt es an.«

»Welches Datum zeigt er für heute an?«

»Das wissen Sie nicht? Heute ist der 13. Januar 2016 – stimmt's?«

Rex sah Paul Faurrat lange an, ehe er den Kopf schüttelte.

»Für uns nicht«, sagte er endlich. »Wir haben die Erde

vor genau vier Monaten, am 17. Juni 1981, verlassen. Unser Kalender sagt uns, daß wir heute den 2. November 1981 haben. Sie werden also erst in zehn Jahren von der Erde starten, um Ihren Flug zum Pluto zu unternehmen.«

Faurrat betrachtete die beiden Menschen mit einem zweifelnden Ausdruck in seinem zerfurchten Gesicht. Es war klar, daß er Rex' Worten keinen Glauben schenkte.

»Das ist – das ist völlig unmöglich! Sie müssen die Erde *nach* mir verlassen haben. Ich bin doch nicht verrückt. Ihr Kalender stimmt nicht!«

»Und selbst wenn er nicht stimmen würde, wir wissen aber doch zu genau, daß wir erst vor etwas mehr als vier Monaten gestartet sind – und da stimmten sämtliche Kalender der Erde. Vergessen Sie das nicht, Faurrat. Ich fürchte, wir werden Ihnen noch weitere Überraschungen bereiten müssen.«

Der Franzose erhob sich langsam von dem Bett, auf das er sich gesetzt hatte. In seinen Augen war ein seltsames Flackern, das erstes Erkennen ankündigte, aber auch gleichzeitig die noch vorherrschenden Zweifel.

»Wir können doch nicht an ein und demselben Tag zwei verschiedene Daten haben! Das wäre gegen jedes Naturgesetz!«

»Wir haben heute sogar noch ein drittes Datum: das Jahr 9000!«

Faurrat ließ sich wieder auf das Bett zurücksinken. Für ihn stand fest, daß er es mit völlig Verrückten zu tun haben mußte. Aber Rex ließ sich nicht entmutigen.

»Kommen Sie mit zu unserem Schiff. Dort werden wir Ihnen alles erklären. Captain Hammond wird sich freuen, Sie begrüßen zu dürfen.«

Faurrat sprang erneut auf.

»Captain Hammond!? Von der HUMAN SUCCESS? Die startete 10 Jahre vor mir! Ihr müßtet also bereits zehn Jahre länger hier sein!«

»Irrtum! Sie haben die Erde zehn Jahre nach uns verlassen, sind aber 25 Jahre vor uns angekommen!«

»Das kann kein Mensch begreifen! Das ist heller Wahnsinn! Das ist völlig unmöglich!«

Rex blieb ruhig und geduldig. Er entsann sich seines eigenen Schocks, als man ihm die Wahrheit erzählt hatte. »Es stimmt! Wir werden Ihnen alles erklären. Kommen Sie mit!«

Paul Faurrat nickte müde. »Gut, ich werde mitkommen. Meinen Berechnungen nach müßte Hammond jetzt über 70 Jahre alt sein. Und ich kenne Hammond. Dann werden wir ja sehen, wer hier Recht hat. Wenn Sie von der HUMAN SUCCESS sind, ist Hammond ein alter Mann. Wir werden ja sehen, wir werden ja sehen!«

Er murmelte immer noch vor sich hin, während er sich einen zerlumpten Mantel umwarf.

»Ich verlasse nur selten dieses Haus. Höchstens, um neue Vorräte zu holen. Hier wohne ich. Ich habe Bücher und Papier genug, um mir die Zeit mit Lesen und Schreiben zu vertreiben. 25 lange Jahre hindurch! Ich kenne kaum ein anderes Haus in dieser Stadt. Sie ist tot.«

Rex stützte ihn behutsam, während sie die Stufen hinabstiegen.

Jane aber hatte einen nachdenklichen Zug um ihre Lippen, als sie hinter den beiden Männern herschritt, die einst – vor knapp vier Monaten – noch gleich alt gewesen waren, obwohl heute ein Altersunterschied von 25 Jahren zwischen ihnen lag.

Die Zeit spielte mit den Menschen, nicht umgekehrt.

# 5.

Paul Faurrat erkannte Hammond wieder und war erschüttert, als dieser ihm seine Zeittheorie in allen Einzelheiten erklärte. Dann saß er lange da, in tiefes Nachdenken versunken. Als er den Kopf schließlich hob, wußte Hammond, daß der andere zu einem Ergebnis gekommen war.

»Es klingt alles sehr einleuchtend, was Sie da erzählen, Hammond. Wir leben jetzt also in einer anderen Dimension. Eine Sekunde bei uns ist in Wahrheit eine halbe Stunde, also 1800mal so viel. Gut! Aber warum dreht sich dann dieser Planet nicht wie rasend um seine Sonne? Warum bewegen sich die Fische im Meer normal? Warum wachsen die Pflanzen nicht schneller? Sehen Sie, das ist es, was mir Sorge macht. Wenn die Verhältnisse hier so normal sind, dann müßte es auch unser Zeitbegriff sein.«

Hammond schüttelte den Kopf.

»Eben nicht! Im Vergleich zu unserem Sonnensystem herrschen hier tatsächlich genau die Verhältnisse, in die wir durch unsere Lichtgeschwindigkeit hineingerutscht sind, wenn ich so sagen darf. Hier ist das normal. Die Bücher, die wir fanden, beweisen das. In ihnen steht, daß dieser Planet keine Eigenrotation hat oder eine nur sehr geringe. Eine einzige Jahreszeit müßte mehrere Jahrzehnte dauern. Die Fische schwimmen wie tot im Wasser. Tiere fanden sie zwar lebend vor, aber wie zu Stein erstarrt. Die Pflanzen wuchsen überhaupt nicht. Kein Wind regte sich. Kurz, für jene, die vor 9000 Jahren hier landeten, war Terra II ein toter Planet. Und darum, nicht nur wegen des Giftgases in der Atmosphäre, verließen sie ihn.«

»Das muß eine phantastische Situation gewesen sein«, überlegte Faurrat. »Zwar hatten sie damals den Sieg über die Zeit errungen, aber es nützte ihnen nichts, im Gegenteil. Gerade dieser Sieg verursachte ihre Niederlage. Sie haben sich nicht anpassen können. Die Lebewesen dieses Planeten konnten unsere Menschen nicht wahrnehmen, da diese sich zu schnell bewegten. Während der Fisch im Wasser die Flosse nur einmal bewegte, nur eine kurze Strecke zurücklegte, starben hier Generationen.«

»Das geschah nicht, denn sie verließen Terra II nach wenigen Jahren.«

»Dann waren sie noch nicht mal lange genug hier, um auch nur einen einzigen Tag zu erleben. Diese Narren.«

Paul Faurrat schien belustigt.

»Und wo sind sie jetzt?«

»Sie verließen Alpha Centauri, um im System des Sirius eine neue Heimat zu finden. Dort fanden sie einen Planeten, der unserer alten Erde gleicht. Vielleicht gibt es dort wieder eine andere Zeitdimension.«

»Wahrscheinlich. Ein Anpassen ist nur dann möglich, wenn man beliebig von einer Dimension in die andere wechseln kann.«

»Sie werden das inzwischen gelernt haben.«

»Wenn es noch eine Rasse gibt, die man als Homo sapiens bezeichnen kann, mein Lieber. 9000 Jahre sind eine lange Zeit.«

Hammond nickte zustimmend. Dann sah er Faurrat lange an.

»Was sagen Sie zu dem Vorschlag, unsere Nachkommen im Sirius-System zu besuchen? Viel kann uns nicht mehr passieren.«

Paul Faurrat blickte überrascht hoch.

»Eine gute Idee. Aber – was glauben Sie, was werden

wir dort vorfinden? Eine menschliche Superzivilisation? Oder ein Chaos?«

»Wir werden es wissen, wenn wir dort angelangt sind!«

Der Plan Hammonds wurde von allen Beteiligten der ehemaligen Expedition mit Begeisterung aufgenommen. Hier auf dieser Welt hielt sie nichts, denn es gab nichts, was ihnen vertraut oder lieb gewesen wäre. Sie sehnten sich nach der Menschheit, auch wenn es eine fremde sein würde.

Würde sie das überhaupt sein?

Wußten sie, welche Überraschungen ihnen die Zukunft noch bereiten würde? Wußten sie überhaupt, ob Hammond mit seiner Zeittheorie recht hatte? Vielleicht irrte er sich.

Zehn Erdtage später stieg die HUMAN SUCCESS auf einer flammenden Feuersäule in den klaren Himmel empor, ließ Terra II in wenigen Minuten weit hinter sich.

Hammond machte sich die Mühe und umkreiste die restlichen drei Welten, die Alpha Centauri in einer seltsamen Ellipsenbahn umwanderten. Sie entdeckten auf keiner auch nur die geringsten Anzeichen für irgendwelches Leben. Dann erst schoß die HUMAN SUCCESS mit steigender Geschwindigkeit in das Gewirr der Sterne hinaus, von denen einer Sirius sein mußte.

Captain Hammond bat Paul Faurrat zu sich in seine Kabine, nachdem er zusammen mit Mack Johnes den Kurs berechnet hatte. Die HUMAN SUCCESS beschleunigte immer weiter, und dies würde auch noch einige Tage so bleiben, ehe die Fahrt wieder verzögert werden mußte.

Hammond schob Faurrat den Zettel mit seinen Berechnungen zu.

»Es ergibt sich somit die seltsame Tatsache, Monsieur Faurrat, daß wir – meiner Zeitrechnung nach – vor vier

Monaten verschieden alt waren. Sie waren noch ein junger Mann von 25 Jahren, als ich startete. Und heute sind wir beide gleich alt, nämlich 50 Jahre. Nun taucht in diesem Zusammenhang eine neue Frage auf: Was geschieht in der Zeit, in der wir zum Sirius fliegen? Findet eine neue Verschiebung der allgemeinen Zeitebene statt, oder ist das unmöglich?«

Faurrat hatte sich seit seinem Zusammentreffen mit der Expedition äußerlich und innerlich gewandelt. Seine erste Scheu war überwunden, ebenso seine Erschütterung. In aller Ruhe hatten Hammond und King ihm die Situation erklären können und in dem Franzosen sogar eine wertvolle Hilfe gefunden.

»Ich befürchte eine neue Verschiebung«, gab er zur Antwort. »Aber sie bezieht sich nur auf die Erde, nicht auf das Sirius-System und die dort lebenden Menschen.«

Hammond schüttelte den Kopf.

»Das ist eben der Denkfehler! Wir werden den Sirius erst in etwa 18 000 irdischen Jahren erreichen, denn er ist von Alpha Centauri ungefähr genauso weit entfernt wie von der Erde, nämlich fast neun Lichtjahre. Für uns im Raumschiff wird nicht mehr als ein halbes Jahr vergehen.«

Faurrat ruckte unwillkürlich in seinem Sitz hoch.

»Sie meinen – 18 000 Jahre irdischer Zeitrechnung?«

»Ja, das meine ich!«

Faurrat sank wieder in sich zusammen.

»Dann besteht keine Hoffnung, daß wir überhaupt auch nur Spuren menschlichen Lebens auf dem zweiten Planeten des Sirius vorfinden werden.«

»Und warum nicht?«

»Nach 27 000 Jahren menschlicher Zivilisation? Nein, mein lieber Captain! Keine Hoffnung!«

Faurrat klang bitter.

Hammond sah eine Weile vor sich hin, ehe er meinte:

»Sie können recht haben, Faurrat. Den bisherigen Erfahrungen nach kann man ohne weiteres darauf schließen. Aber lassen wir uns überraschen.«

Der Franzose nickte.

»Wenn wir nur nicht vergebens hinter einem Phantom herjagen, das wir niemals erreichen können. Eine Jagd durch die Zeit, gewissermaßen.«

Hammond erhob sich.

»Wir haben nichts mehr zu verlieren, nachdem wir einmal soweit sind. Eine Rückkehr ist unmöglich. Nur noch nach vorn können wir unseren Kurs richten.«

Faurrat nickte und erhob sich ebenfalls.

»Ich will mich noch ein wenig mit diesem Rex King unterhalten, habe viel über ihn gelesen damals – vor 25 Jahren.«

»Gewöhnen Sie sich bitte an unsere Zeitrechnung«, lächelte Hammond humorlos. »Sagen Sie besser: vor vier Monaten.«

Rex King kam aus dem Filmvorführraum, wo er einige der auf Terra II gefundenen Filme bewundert hatte. Besonders die Aufnahmen der Emigration von der Erde hatten ihn interessiert. Er konnte daraus entnehmen, daß sich die Menschheit bis auf einen kleinen Rest von noch nicht einmal 100 000 Menschen selbst vernichtet hatte. Dieser Rest war dann aus dem Sonnensystem geflohen, um eine neue Heimat zu suchen.

Doch auch diese zweite Heimat brachte ihnen kein Glück.

Wenn man ihnen doch wenigstens statt der grausigen Filmaufnahmen das Geheimnis der Überwindung der Zeit hinterlassen hätte!

Aber nichts, auch nicht die geringste Kleinigkeit, verriet die Methode, mit der es der Menschheit gelungen war, sowohl die Zeitkontraktion wie eine Verschiebung der Dimensionen zu verhindern.

Er traf auf Faurrat, der ihn suchte.

Gemeinsam gingen sie in die Kabine des Reporters.

»Was mich interessiert...«, begann Rex das Gespräch. »Was geschah mit Hurst und seiner Zeitung? Hat man noch mal etwas von mir gehört? Oder hat er verschwiegen, daß ich an dem Flug beteiligt war?«

Faurrat nahm dankbar den angebotenen Brandy.

»Oh, er hat eine Menge Rummel um Sie gemacht, Mr. King. Er sagte, Sie seien der beste und der fähigste Reporter der ganzen Welt, bezögen ein unmenschliches Honorar und würden in zehn Jahren die tollste Reportage liefern, die die Erde jemals erlebt hätte.«

King lächelte versonnen vor sich hin.

»Da sieh mal einer an«, murmelte er. »Unmenschliche Honorare! Hätte dem alten Geizhals niemals solche Ehrlichkeit zugetraut. Es stimmt, ich bezog wirklich unmenschliche Honorare, Faurrat! Kein Mensch hätte davon existieren können. Hurst sagte immer, ich müsse noch viel lernen. Ich hätte zwar eine Begabung, mehr aber auch nicht. Na, wenn ich den alten Halunken noch einmal erwischen sollte – aber das wird wohl kaum geschehen.«

»Kaum. Hurst starb ein Jahr vor meinem Start. Schlaganfall. Aber er war doch nicht so schlecht, wie Sie vielleicht vermuten. Er vermachte seinem Starreporter Rex King 500 000 Dollar, für den Fall, daß er von seinem Flug zu den Sternen zurückkehrte.«

Rex King sah überrascht hoch.

»Was Sie nicht sagen! Das hat er getan? Der Gute! Wie kann ich ihm das nur danken?«

»Indem Sie für seine bald 27 000 Jahre alte Asche beten.«

Rex nahm einen herzhaften Schluck.

»Ich möchte lieber darum beten, daß ich im Lauf der nächsten Monate verrückt werde. Da habe ich immer gedacht, die Theorie von Einstein sei eine schrecklich schwierige Angelegenheit, und nun darf ich selbst erleben, daß der große Einstein die Wahrheit nur zum Teil geahnt hat, ihr nur nahegekommen ist. Wenn er wirklich gewußt hätte, was geschehen könnte, wenn ein Körper die Geschwindigkeit des Lichtes erreicht...«

»Ich glaube schon, daß er es geahnt hat. Vielleicht hat er sich gefürchtet, es den Menschen zu sagen.«

»Er hat es ihnen gesagt, aber in so verzwickte Formeln eingebaut, daß sie nicht schlau daraus wurden. Sie haben zwar versucht, diese Formeln auf einen verständlichen Nenner zu bringen, aber es wurde lediglich pseudowissenschaftliches Geschwätz daraus. Die Wahrheit fand keiner.«

»Sie scheinen Einstein sehr verehrt zu haben, Faurrat?«

»Man hat mir immer gesagt, er sei der größte Mensch gewesen, der jemals gelebt habe.«

Rex King schaute gedankenvoll zu dem automatischen Kalender hinüber und seufzte.

»Er war es! Dort der Kalender beweist es zur Genüge.«

Faurrat nickte bestätigend.

»Vielleicht ist es am besten, wenn wir noch ein Gläschen trinken. Man vergißt dann so leicht die Sorgen.«

Rex grinste mühsam.

»Und die Zeit!« fügte er hinzu.

Mack Johnes hatte die Automatik eingestellt und flegelte sich in seinem Polstersitz herum. Wozu es eigentlich noch notwendig war, eine ständige Wache im Kontrollraum zu halten, war ihm ein Rätsel. Kleinere Hindernisse wie Meteore oder dergleichen wurden durch den Energieschirm automatisch zerstrahlt, wenn sie in Reichweite kamen, größeren Hindernissen wurde ebenso automatisch ausgewichen.

Wozu also die Wache?

Nur um mich zu ärgern! dachte Mack. Er vergaß, daß auch Hammond regelmäßig seinen Posten bezog, wenn die Reihe an ihn kam. Und wer würde sich selbst ärgern, wenn dazu kein Grund vorhanden war?

Das kleine Fernrohr sorgte für ein wenig Abwechslung.

Mack Johnes suchte den Zielstern, Sirius. Der Begleiter des Fixsterns interessierte ihn besonders. Endlich würde man etwas Näheres über diesen geheimnisvollen, dunklen Stern erfahren können.

Sie waren nun bereits drei Monate unterwegs. Schiffszeit! dachte Johnes seufzend. Auf der Erde wären inzwischen fast 10 000 Jahre vergangen. Unvorstellbar, wenn man darüber nachdachte.

Der Sirius war größer geworden, das konnte er deutlich feststellen. Richtungsmäßig gesehen war aber auch der Sirius der einzige Stern, der keiner besonderen Änderung unterworfen wurde. Die bekannten Sternbilder dagegen schon! Mack Johnes warf einen Blick auf die Sternenkarte, die neben ihm auf dem Tisch lag. Sie hatte keine Gültigkeit mehr, er hätte sie genausogut wegwerfen können. Wo der Große Wagen gestanden hatte, war heute ein verzerrtes, flaches Gebilde, das keinerlei Ähnlichkeit mehr mit dem einstigen Sternbild besaß. Der sogenannte Polarstern war überhaupt nicht mehr aufzufinden, da der Kleine Wagen nicht mehr existierte.

Das irdische Sonnensystem lag schräg hinter ihnen. Nur mit Hilfe des Spektralanalysators war es zu entdekken. Der Schiffskalender verriet das Datum: 1981. Diese Sonnenstrahlen jedoch, die sie auffingen, hatte die Sonne etwa 18 000 Jahre später ausgesandt.

Mack Johnes schüttelte den Kopf. Er begann allmählich, an der ganzen Zeittheorie zu zweifeln. Aber dann dachte er wieder an die Bücher, die sie in der toten Stadt gefunden hatte.

Es gab keinen untrüglicheren Beweis!

Erneut schaute er durch das Fernrohr, suchte den kleinen, unvorstellbar schweren Begleiter des Sirius. Ein Kubikzentimeter Eisen würde dort Tausende von Kilopond wiegen.

Ein feiner Silberschleier ließ Mack Johnes stutzen. Er lag genau in Flugrichtung, unendlich weit entfernt. Es war so, als entferne er sich vom Sirius, strebe hinaus in den Weltraum. Silberschleier war nur ein schwacher Vergleich. Johnes überlegte, wie man es besser bezeichnen könnte, und kam zu dem Ergebnis, daß es eher wie ein Meteoritenschwarm aussah, der in gerader Richtung durch das All zog.

Er schaltete die Filmkamera ein, mit der man ohne besondere Belichtungszeit Weltraumaufnahmen machen konnte. Sie schnurrte leise, während Johnes zu rechnen begann. Verschiedentlich stutzte er, rechnete nach. Aber das Ergebnis schien das gleiche zu bleiben, denn er schüttelte erstaunt den Kopf. Und plötzlich geschah etwas völlig Unerwartetes: der deutlich sichtbare Silberschleier beschrieb einen gewaltigen Bogen, der viele Millionen Kilometer weit sein mußte, schlug dann wieder einen steten Kurs ein und entfernte sich schließlich mit ständig ansteigender Geschwindigkeit.

Mack Johnes hatte mit aufgerissenen Augen der Wendebewegung zugeschaut und war endlich gegen die Lehne seines Sitzes gesunken.

Ein Meteorschwarm, der seine Richtung änderte?

Außerdem noch ein Meteorschwarm, der sich entgegengesetzt zur Schwerkraft des Sirius-Systems bewegte.

Das ging nicht mit rechten Dingen zu!

Mack Johnes merkte sich das Datum und die Uhrzeit, schob den Film in den automatischen Entwickler und schrieb seine Berechnungen noch einmal sorgfältig ab. Er würde mit Hammond zu reden haben.

Wenn Captain Hammond sehr überrascht war, so ließ er es sich jedoch nicht anmerken. Er nahm den Vortrag seines Stellvertreters mit stoischer Gelassenheit zur Kenntnis, unterbrach nicht ein einziges Mal dessen Ausführungen und nickte schließlich, als Johnes geendet hatte.

»Ja, ja«, knurrte er. »Man erlebt seltsame Dinge hier draußen.«

Johnes war betroffen.

»Das ist alles, was Sie dazu zu sagen haben?«

Er verbarg seine Enttäuschung nicht, denn es hätte ihn gefreut, seinen Captain doch einmal aufgeregt zu sehen. Der aber schüttelte nur den Kopf und sagte:

»Erst muß ich die Sache untersuchen, mir den Film ansehen, die Berechnungen nachprüfen und das Datum umrechnen.«

»Das Datum umrechnen?« wunderte sich Mack Johnes nicht wenig.

»Natürlich! Haben Sie vergessen, daß wir mit zwei verschiedenen Zeitdimensionen rechnen müssen? Das, was Sie gesehen haben, geschah – oder geschieht – in 18 000 Jahren. Und wenn ich den Film gesehen habe, werde ich Ihnen sagen, was geschehen wird – nein, was bereits geschehen ist!«

Johnes starrte Hammond eine Sekunde lang verblüfft an, ehe er kopfschüttelnd den Kontrollraum verließ. In seiner Kabine legte er sich seufzend auf sein Bett.

Für ihn war klar, daß Hammond allmählich überschnappte.

Doch das war ein Trugschluß.

Hammond hatte die Filme gesehen, die Johnes gedreht hatte. Die Berechnungen hatten gestimmt. Er konnte sogar die Geschwindigkeit der Meteore bestimmen, die in so eleganter Kurve das Gravitationsfeld des Sirius verlassen hatten. Selbst die Richtung war ihm kein Geheimnis geblieben.

Den Rest seiner Wachzeit verbrachte Hammond damit, in den Büchern zu lesen, die sie auf Terra II gefunden hatten.

Dann aber begab er sich in seine Kabine, ließ Faurrat, Jane, Rex und Mabel zu sich kommen. Sogar Mack Johnes wurde von Fred abgelöst und konnte somit der langweiligen Wache im Kontrollraum entrinnen.

Neugierig starrte man auf Hammond, der umständlich den Film in die Rolle des Vorführapparates legte. Eine Tischdecke ersetzte die Leinwand.

»So, Freunde, jetzt will ich euch einmal etwas Interessantes zeigen. Nur der Wachsamkeit unseres lieben Mack Johnes ist es zu verdanken, daß wir Zeuge eines gewaltigen Geschehens wurden, das – richtig besehen – unseren ganzen Flug zum Sirius unnötig macht.«

Das erregte Stimmengemurmel ebbte nur allmählich wieder ab.

»Ihr werdet es selbst sehen, beruhigt euch. Ich werde mit keinem Wort verraten, welche Vermutung *ich* habe. Erst dann, wenn auch noch andere auf die gleiche Idee kommen, glaube ich den Beweis für die Richtigkeit meiner eigenen Theorie zu haben. Also aufpassen – und scharf und logisch nachdenken!«

Hammond ließ sich nicht erweichen. Obwohl man ihn bestürmte, doch wenigstens einige Andeutungen zu machen, hüllte er sich in Schweigen und löschte das Licht.

Der Apparat begann zu surren.

Und nun erlebte Johnes noch einmal genau das, was er selbst gesehen und gefilmt hatte. Und die anderen starrten wie gebannt auf die flimmernde Leinwand – Johnes hatte sich keinen Mikrofilm leisten können für sein privates Hobby – und versuchten mehr zu sehen, als tatsächlich zu sehen war. Sie erblickten Sirius und den feinen Schleier unzähliger, schimmernder Gegenstände, die in einer weiten Kurve aus dem System herausstrebten, um schließlich in gerader Richtung mit ständig steigender Geschwindigkeit in die Tiefe des Alls zu verschwinden.

Die Leinwand erlosch. Das Licht flammte auf.

»Nun?« machte Hammond gespannt. »Noch mal?«

Man nickte ohne Kommentar.

Der Film lief noch einmal ab, zeigte genau dasselbe.

Als das Licht erneut anging, beschien es nachdenkliche Gesichter.

Sogar Johnes saß da, starrte Hammond mit herabhängendem Unterkiefer an, als sei ihm plötzlich eine völlig irrsinnige Idee gekommen.

Oder eine Erleuchtung.

Faurrat lehnte sich zurück. Seine Fingerspitzen legten sich zitternd gegeneinander. Er sah Hammond an und sagte:

»Meine Vermutung deckt sich genau mit der Ihren, Captain.«

»Woher wissen Sie, was ich vermute?« gab Hammond zurück.

»Logisch denken, mein Lieber! Wenn Sie einfach an einen Meteoritenschwarm denken würden, hätten Sie es nicht so spannend gemacht.«

Hammond grinste erleichtert.

»Stimmt genau! Also, was ist es?«

Rex King sprang auf.

»Ich weiß es auch!« rief er erregt. »Es ist eine Raumflotte aus Tausenden von Schiffen, die das Sirius-System mit unbekanntem Ziel verlassen hat!«

Von seinen eigenen Worten überwältigt, sank er wieder in seinen Sessel zurück. Mit fahrigen Bewegungen zündete er sich eine Zigarette an.

Mack Johnes verbarg seine Überraschung hinter einem gleichmütigen Nicken. »Genau das habe ich auch angenommen!« behauptete er.

Captain Hammond legte seine Hand auf die Berechnungen.

»Es kann nicht anders sein!«

Faurrat beugte sich vor.

»Und nun vermuten Sie, Captain...?«

»Ich vermute, daß die Menschheit fast 18 000 Jahre nach ihrer Auswanderung zum Sirius ein zweites Mal geflohen ist. Das Licht brauchte vom Sirius bis zu unserem augenblicklichen Standpunkt noch keine vier Jahre, eine lächerliche Zeitspanne. Auf dem Sirius – wie auch auf der Erde – vergingen seit unserem Start mehr als 18 000 Jahre. Nun, was meinst du dazu, Mabel?«

Die Funkerin nickte mit dem Kopf.

»Deine Rechnung stimmt genau, Jack. Die Menschen müssen 17 950 Jahre auf dem zweiten Planeten des Sirius geweilt haben, ehe sie ihn aus noch unbekannten Gründen verließen. Nun bleibt für uns nur noch die Frage: Wollen wir ihnen weiter durch Raum und Zeit nachjagen, um diese Gründe zu erfahren, oder kehren wir um? Vergiß nicht, daß wir Sirius erst 9000 Jahre nach der soeben erlebten Emigration erreichen werden.«

Rex King sprang auf, verlor seine Beherrschung.

»Das ist ja Irrsinn! Unserer Zeitrechnung nach haben wir eben etwas gesehen, was sich in fernster Zukunft abspielen wird. Der anderen Zeitrechnung nach haben wir etwas gesehen, was irgendwann in grauer Vergangenheit geschah! Ich halte diesen Wahnsinn nicht mehr länger aus!«

Jane, die neben ihm saß, zog ihn zu sich herab.

»Dieser Wahnsinn ist nichts als die Wahrheit, Rex. Du mußt dich damit abfinden. Ist denn die Gegenwart nicht wenigstens schön genug?«

Er sah sie mit flackernden Augen an. Allmählich wurde er ruhiger.

»Ja – du hast schon recht. Aber der Gedanke an diese Geschehnisse ist so grauenhaft, so furchtbar, daß ich die Nerven verloren habe. Wir sind doch – richtig gesehen – die einzigen Menschen, die noch existieren!«

»Wer sagt Ihnen das, King?« fragte Faurrat. »Vielleicht haben unsere Nachkommen schon Kolonien in den fernsten Sonnensystemen errichtet, und wir wissen nur noch nichts davon. Ob wir mit Lichtgeschwindigkeit durch den Weltraum fliegen, oder ob wir ruhig und friedlich auf einem Planeten verweilen – immer wieder werden fast 2000 Jahre vergehen, wenn bei uns nur ein einziges vergangen ist. Die Rückkehr in die normale – für *uns* normale Dimension – ist abgeschnitten und unmöglich!«

Ein drückendes Schweigen entstand.

Dann erhob sich Mack Johnes.

»Es wird Zeit, daß ich den guten Fred ablöse. Er hat soeben ganz kurz für mich einige Jahre Wache geschoben!«

Sprach's und verschwand grinsend hinaus auf den Gang.

Faurrat lächelte.

»Er hat noch Humor. Und ich glaube, das ist auch das einzige, was uns noch bleibt, um die Situation gesund zu überstehen.«

Der Begleiter des Sirius besitzt zwar nur ein Zehntausendstel der Helligkeit des Hauptsterns, aber dafür ist sein Gewicht erstaunlich hoch. Sirius ist nur zweieinhalbmal so schwer wie der Begleiter, dessen Größe unvergleichlich kleiner als die des Sirius ist. Sein Durchmesser beträgt etwa 40.000 Kilometer, sein Gewicht etwa das Zehntausendfache der Erde. Daher seine gewaltige Gravitation, mit der er eine Riesensonne wie Sirius im Bann hält. Vielleicht einmal alle 50 Jahre umkreist er sein Muttergestirn.

Dieser Kampf um das Gleichgewicht hat natürlich zur Folge, daß die fünf Planeten des Sirius äußerst verzwickte Umlaufbahnen beschreiben. Es sind weder Kreise noch Ellipsen, sondern ihre Bahnen zeigen ein scheinbar unregelmäßiges »Hindurchwinden» durch die verschieden starken Gravitationsfelder der beiden Sonnen.

Die Folge sind gewaltige Temperaturunterschiede und mehrmals im Jahr wechselnde Jahreszeiten.

Die HUMAN SUCCESS umkreiste das System mit aller Vorsicht und näherte sich dann nach den entsprechenden Berechnungen dem zweiten Planeten. Sie durchstieß die wolkenreiche Atmosphäre und senkte sich auf die neue, unbekannte Welt hinab.

Zwei riesige Kontinente waren außer einigen Inseln die einzige Landmasse. Alles andere war blaues, strahlendes Meer.

Die Kontinente waren mit dichter Vegetation bedeckt. Als sie tiefer kamen, sahen sie die gewaltigen Ruinenstädte, die hier und da aus dem grünen Dschungel hervorlugten.

»Unsere Vermutung war schon richtig«, brummte Hammond.

Johnes, Rex, Jane und Faurrat nickten schweigend.

Dort unten lag das Grab der Menschheit.

»Werden wir einen Hinweis finden, warum und wohin sie geflohen sind?« fragte Faurrat nachdenklich. »Wo sollen wir suchen?«

Und dann betrat Mabel Hall den Kontrollraum. Sie hatte die letzte Bemerkung gehört.

»Wo wir suchen sollen? Ja, das ist richtig – natürlich! Wo sollen wir suchen? Ja? Die Funkstation! Jenny soll sofort auf Empfang gehen!«

Hammond gab den entsprechenden Befehl zur Station durch. Die Funkerinnen freuten sich, nach der langen Ruhezeit wieder einmal eine Beschäftigung zu erhalten.

Sekunden später summte der Lautsprecher im Kontrollraum.

»Lassen Sie das Aufnahmegerät eingeschaltet!« sagte Hammond. »Man kann nie wissen, ob wir nicht tatsächlich etwas auffangen.«

Unter ihnen rollte langsam die Landschaft dahin. Sie hatten bereits festgestellt, daß nur ein Kontinent bewohnt gewesen war. Der andere bestand aus Urwald, Steppen und Wüsten. Dieser hier jedoch zeigte außer den natürlichen geographischen Formationen unzweifelhaft Reste einer gewaltigen Zivilisation. Unter der dichten Vegetationsdecke mußten sich Riesenstädte verbergen.

Ganz leise wurde im Funkgerät ein schrilles Pfeifen hörbar. Es wurde lauter und lauter und verriet eine gewisse Systematik. Alle vier Sekunden eine Sekunde Pause. Doch in diesen vier Sekunden wurde der schrille Dauerton gesendet.

Das Aufnahmeband lief.

Mabel sagte zu Hammond:

»Du mußt das Band in schnellere Umdrehung versetzen beim Aufnehmen, sonst können wir nichts entziffern. Was bei uns vier Sekunden sind, waren bei denen zwei Stunden.«

»Das kann man nicht. Wir können zwar die Aufnahmegeschwindigkeit verdoppeln, vielleicht vervierfachen – aber nicht vertausendfachen.«

»Ja, dann wird es unmöglich sein, den Sinn des sich stets wiederholenden Spruches jemals zu entziffern.«

»Wir wollen erst einmal versuchen, den automatischen Sender anzupeilen und in der Nähe zu landen. Ich nehme an, es handelt sich um ein Zeichen für uns – oder eben für Menschen überhaupt. Wenn wir den Sender gefunden haben, werden wir weitersehen.«

Das Geräusch wurde ständig lauter. Und dann, am Strand des gewaltigen Kontinents, fanden sie die Stadt.

Es war dem Dschungel nicht gelungen, den Sand und die kahlen Felsen zu erobern, die jene Stadt am Meer umgaben. Diese Stadt war offensichtlich leer und tot, beherbergte keine einzige lebende Seele. Das einzige Zeichen, das als Beweis für die vergangene Zivilisation gelten mochte, war der Sender, der oben auf dem Felsenplateau errichtet worden war und auf den die HUMAN SUCCESS jetzt zustrebte.

Auf einer gewaltigen Feuersäule senkte sich das Raumschiff herab und setzte schließlich sanft auf. Einige Male federten die Teleskopstützen nach, dann stand es reglos und unbeweglich im schimmernden Glanz der Sonne Sirius.

»Atmosphäre?« fragte Hammond über die Bordsprechanlage.

Eine weibliche Stimme antwortete.

»Etwa 25 Prozent Sauerstoff, nicht ganz 70 Prozent Stickstoff, fast 1 Prozent Kohlensäure. Der Rest besteht aus unschädlichen Gasen. Also fast wie auf der Erde.«

»Habe ich mir gedacht!« knurrte Johnes befriedigt.

Wieder betrat Hammond als erster den Boden der fremden Welt.

»Das ist nun das zweite Mal, daß ich einen unbekannten Planeten als erster betrete – und immer wieder muß ich feststellen, daß die Menschen schon Tausende von Jahren vor mir da waren. Wann mag dieser Ärger endlich aufhören?«

Rex King schritt neben Jane Hammond. In seiner Hand lag fest und sicher der tödliche Energiestrahler. Er war außer Johnes der einzige, der eine Waffe mitgenommen hatte.

Während der Sender auf dem Planeten im Alpha-Centauri-System unzweifelhaft von außerirdischen Geschöpfen erbaut worden war, ließ die Bauweise des Senders hier keinen Zweifel darüber offen, daß er irdischer Herkunft war. Neben einem kleinen Stahlbunker erhob sich eine schlanke Sendeantenne in die Luft, von starken Stahlseilen gehalten. Merkwürdigerweise zeigten die hier versammelten Geräte keine Spur von Rost oder Verwitterung, während doch die Gebäude in der nicht fernen Stadt verfallen und zerstört wirkten.

Im tragbaren Empfänger erklangen die regelmäßigen Zeichen nun laut und deutlich. Es gab keine Zweifel mehr: Der Sender stand vor ihnen. »Überall, wo wir hinkommen, finden wir einen Sender«, konnte es sich Rex nicht verkneifen zu bemerken. »Als ob man uns erwarten würde.«

Faurrat warf einen vorsichtigen Blick um sich, starrte in die tote und flimmernde Wüste, schaute hinüber zur Ruinenstadt und schließlich auf das glatte, unbewegte Meer.

»Wer sollte uns hier erwarten?«

Die Metalltür war verschlossen.

Es blieb keine andere Wahl, als sie mit dem Strahler aufzuschweißen, eine Aufgabe, die Mack Johnes übernahm. Innerhalb weniger Minuten hatte er fein säuberlich das Schloß herausgeschnitten. Die Tür ließ sich bewegen.

»Gelernt ist gelernt«, murmelte Rex anerkennend. »Ich wäre an Ihrer Stelle Geldschrankknacker geworden, Johnes.«

»War ich!« behauptete dieser ungerührt.

Hammond trat vor und stieß die Tür mit dem Fuß auf.

Helles Licht strahlte ihnen entgegen.

Er prallte zurück.

»Verdammt! Die Lampen brennen noch!«

»Warum sollten sie nicht?« klärte Mabel ihn auf. »Wenn der Sender noch Energie zugeführt bekommt, warum dann nicht auch die Lampen?«

Captain Hammond nickte, als habe er sich das schon gedacht. Dann betrat er den kleinen Raum, der hinter der Tür lag.

Zögernd folgten ihm die anderen.

Was sie sahen, war ihnen derart vertraut, daß es sie erschreckte.

An den Wänden standen in langen Regalen Hunderte von Büchern, Tausende von Filmrollen und Tondrahtspulen. Eine bleigepanzerte Atombatterie nahm die Hälfte des Platzes ein, und – etwas in dem Raum bewegte sich.

Faurrat sah es zuerst, schrak zusammen. Dann aber faßte er sich, strich sich selbst beruhigend über die Haare und lächelte.

»Das Tonband – der Draht ist es wohl! Dort! Mein Gott, es hat eine rasende Geschwindigkeit. Seht nur! Das ist ja unglaublich!«

Sie sahen es. Auf zwei Rollen lief ein feiner Draht vor einem gewöhnlichen Tonabnehmer her, immer wieder und wieder. Aber obwohl der Draht sicherlich eine Länge von mehr als hundert Metern hatte, raste er in knapp fünf Sekunden an den Magneten vorbei.

Die beiden Rollen drehten sich mit einer unvorstellbaren Geschwindigkeit. Kaum, daß sie in der Lage waren, dem Vorgang überhaupt zu folgen.

»Ist das...?« begann Hammond ein wenig verstört.

»Ja, das ist die Sendung, die wir aufnehmen konnten. Es ist technisch unmöglich, unser Aufnahmegerät zu verlangsamen, aber es müßte doch möglich sein, hier eine Änderung vorzunehmen.«

»Aber nicht mit diesem Gerät hier«, vermutete Rex King und trat näher an die surrenden Scheiben heran. Nach einer Weile erst vermochte er festzustellen, daß das Drahtband vier Sekunden in der einen und eine Sekunde in der anderen Richtung lief.

Vier Sekunden wurde gesendet, eine Sekunde benötigte der Draht für die Rückspulung. Dann begann die gleiche Sendung erneut. Immer und immer wieder, vielleicht schon seit Jahrtausenden.

»Wir müssen versuchen, das Ding anzuhalten«, schlug er vor und sah Mabel dabei an. »Vielleicht können wir es dann in unserem eigenen Gerät mit normaler Umdrehungszahl einspannen – und abhören.«

»Wir müssen diese vier Sekunden in zwei Stunden

verwandeln, dann haben wir es geschafft«, bemerkte Captain Hammond.

Mabel Hall sah sich um. Sie suchte anscheinend nach einem Schalter, konnte jedoch keinen entdecken. Doch aus verschiedenen Kleinigkeiten vermochte sie zu erkennen, daß diese Anlagen nicht von Fremden, sondern nur von Menschen der Erde erbaut worden sein konnten. Zwar waren da viele Neuerungen, die ihr noch unbekannt waren und deren Zweck sie nicht zu erraten vermochte, aber der Gesamteindruck war vertraut. Wenn sie wenigstens eine Anleitung finden würde...

Anleitung...?

Die Rollen liefen in einem Gerät, das in einem Tisch eingebaut war. Eine durchsichtige Glocke war über sie gestülpt, um sie vor äußeren Einflüssen zu schützen. Und dicht davor, noch auf dem gleichen Tisch, lag eine Metallplatte. Zuerst hatte sie es für einen Bestandteil der Sendeeinrichtung gehalten, aber als sie das Wörtchen »Anleitung« dachte, kam ihr ein Gedanke.

Sie drängte Rex beiseite, der sich immer noch suchend umsah, und beugte sich über den Tisch.

In die Metallplatte waren deutlich Worte eingeritzt.

»Hier ist die Gebrauchsanweisung!« sagte sie triumphierend und griff nach der leichten, dünnen Platte.

Die anderen drängten sich um sie, während sie vorlas:

»Der rote Hebel an der Schalttafel ist der Energieaktivator der Station. Energie ausschalten, bevor Reparatur ausgeführt wird. Vorsicht, Lebensgefahr! Alles andere aus Sendung ersichtlich!«

Das war alles.

Hammond raffte sich auf.

»Die sind vielleicht witzig! Alles andere können wir aus der Sendung erfahren! Erst müssen wir mal wissen, was überhaupt gesendet wird!«

Mabel antwortete nicht. Ihre Augen wanderten suchend über die Schalttafel, blieben dann auf dem roten

Hebel in der Mitte hängen. Ehe es die anderen verhindern konnten, trat sie schnell auf die Tafel zu, hob den Arm und zog den Hebel mit einem entschlossenen Ruck nach unten.

Fast augenblicklich blieben die surrenden Scheiben stehen. Das Summgeräusch verstummte. Eine unheimliche Stille herrschte in dem engen Raum. Nur das Atmen der Menschen war zu hören.

»Das hätte genausogut eine Falle sein können!« sagte Rex King.

Mabel wandte sich um.

»Eine Falle – für wen?« fragte sie.

»Vielleicht nicht für uns. Aber für diejenigen, für die diese Sendung eigentlich bestimmt ist.«

Mabel winkte ab.

»Man hätte dann nicht freundlicherweise die Bedienungsanleitung liegen lassen.«

»Aber gerade das hätte die Falle sein können!«

Faurrat versuchte sich in der Vermittlerrolle.

»Augenscheinlich stimmte die Anweisung. Allerdings finde ich es merkwürdig, daß das Licht noch brennt. Vielleicht gibt es verschiedene Energiequellen.«

Mack Johnes, der sich bisher im Hintergrund gehalten hatte, schob sich an den Tisch vor und starrte versonnen auf die Glasglocke, unter der jetzt reglos das Tondrahtgerät ruhte.

»Und nun? Auf dem Blechzettel steht nicht, wie wir das Ding hier aufbekommen. Oder doch?«

»Allerdings nicht«, gab Mabel zu. »Aber das dürfte weder schwer noch gefährlich sein, denn es ist jetzt ohne Energie.«

Johnes klopfte vorsichtig mit dem Kolben seiner Waffe gegen die gewölbte Glaswandung.

»Hört sich ziemlich fest an«, knurrte er unzufrieden. »Soll ich mal fester klopfen? Vielleicht zerspringt es dann.«

Faurrat wehrte ab.

»Man muß auch ohne Zerstörung an das Band 'rankommen. Übrigens ist es ja kein Band, sondern ein haarfeiner Draht. Können wir damit überhaupt etwas anfangen, Miß Hall?«

Mabel nickte.

»Zwar haben wir nur Bandgeräte an Bord, aber ein Umbau läßt sich leicht bewerkstelligen. Wenn wir die beiden Rollen nur erst mal aus dem Glaskasten heraus hätten. Ich glaube, es wird uns tatsächlich nichts anderes übrigbleiben, als ihn zu zertrümmern. Aber seien Sie vorsichtig, Mack, damit Sie die Rollen nicht beschädigen.«

Sie traten ein wenig zurück, während Johnes den Kolben der Waffe erneut auf die gewölbte Kuppel herabsausen ließ.

Ein feiner Riß zeigte sich auf der Oberfläche.

»Noch ein wenig mehr, damit wir den Deckel abheben können. Aber wenn einige Splitter in das Gerät hineinfallen, ist es auch nicht weiter schlimm.«

Mack Johnes schlug ein zweites Mal zu. Ein Stück des Glases fiel auf die eine Rolle, schuf damit eine erste Lücke.

»Gut, das genügt!« hielt ihn Mabel davon ab, erneut zuzuschlagen. »Jetzt kann man die anderen Stücke ausbrechen. Gebt mir die Handschuhe!«

Hammond reichte ihr die Schutzhandschuhe.

Zehn Minuten später lagen die beiden Rollen wohlverwahrt in dem Rucksack, den Rex King tragen durfte. Sie wogen allerdings nicht mehr als höchstens ein Viertelpfund.

Sie atmeten auf, als sie wieder ins Freie kamen.

In ihrem Empfänger war nun alles ruhig. Die monotone Sendung hatte aufgehört.

In der Ferne lag die schweigende, tote Ruinenstadt.

Ein feines Summen war jedoch in der Luft, kaum wahrnehmbar. Aber es war da. Hier und da vermeinten sie, auch eine flüchtige Bewegung sehen zu können, aber das mußte Einbildung sein. Einmal stolperte Mack Johnes sogar, blieb verdutzt stehen und murmelte dann vor sich hin. In seinem Gesicht stand so etwas wie abergläubische Scheu.

»Was ist?« erkundigte sich Rex fürsorglich. »Besoffen?«

Mack Johnes schüttelte den Kopf.

»Unsinn! Mir war, als sei ich über etwas gefallen, was eine Sekunde später nicht mehr da war. Merkwürdig, sehr merkwürdig!«

Captain Hammond schwieg, während sie langsam wieder zum Schiff zurückgingen, und auf seinem Gesicht lag ein nachdenklicher Ausdruck. Ganz offensichtlich war er dabei, schwierige Probleme in seinem Gehirn zu wälzen. Mabel, die neben ihm ging, bemerkte es wohl, sagte aber nichts.

Plötzlich blieb sie stehen.

Vor ihr auf dem Boden verlief eine Spur. Es war unzweifelhaft die Spur eines vierbeinigen Tieres. Vielleicht ein größerer Hund.

Rex King blieb neben ihr stehen.

»Es gibt hier Tiere? Das ist aber eine Sensation! Aber warum soll es eigentlich keine Tiere geben?«

Mabel Hall nahm ihre Augen nicht von der Spur.

»Diese Spur war vor fünf Sekunden noch nicht da!« sagte sie mit leiser, bebender Stimme. »Sie entstand, während ich auf den Sand blickte. Sie entstand aus dem Nichts.«

Die anderen waren stehengeblieben, betrachteten tiefsinnig die Spur.

Hammond sah Mabel scharf an.

»Sie entstand aus dem Nichts? Bist du sicher?«

»Ganz sicher!« bestätigte Mabel.

Faurrat beugte sich zu der Spur hinab und untersuchte sie.

»Ein Hund oder ein Schakal. Jedenfalls ein Tier.«

»Ein unsichtbarer Hund?« stieß Johnes hervor. »Ein Geisterhund?«

Rex King lachte laut auf.

»Ihr seid alle verrückt! Wie kann es unsichtbare Hunde geben? Sie müssen sich getäuscht haben, Miß Hall. Eine Sinnestäuschung!«

Mabel aber gab keine Antwort. Sie starrte immer noch auf die Spur. Plötzlich wies sie mit dem Arm auf die regelmäßigen Stapfen im Sand, und ihre Stimme war schrill, als sie schrie:

»Da! Seht nur – sie verschwindet wieder! Jetzt ist sie nicht mehr zu sehen! Sie ist weg, als ob sie niemals dagewesen sei.«

Die Spur war fort, als habe man sie weggewischt.

Sie rieben sich über die Augen, aber die Spur war und blieb verschwunden.

»Mabel, nimm dich zusammen. Du solltest doch wissen, was wir eben erlebt haben. Es ist nichts Geisterhaftes und – wenigstens in unserer Lage – Außergewöhnliches. Wir müssen sogar darauf gefaßt sein, daß dergleichen öfters geschieht.«

Faurrat sah Hammond fragend an.

»Und – was ist es? Haben Sie eine Erklärung?«

Hammond nickte.

»Natürlich, sonst würde ich das nicht sagen. Wir haben soeben das gleiche erlebt wie gerade in der Sendestation. Erinnert ihr euch an das laufende Band? Es lief so schnell, daß wir es kaum sehen konnten. Vergeßt nicht, daß diese Bewegung in der anderen Zeitdimension stattfand und in dieser sehr langsam vonstatten ging. Dieses Tier, das die soeben erblickte Spur hinterließ, lebt ebenfalls in jener anderen Dimension. Es bewegte sich jedoch um ein Vielfaches schneller als das Band, daher war es für uns unsichtbar. Die Spur konnte sich mehrere Minuten halten, ehe sie – verwitterte. In jener Dimension war sie tagelang hier im Sand sichtbar.«

Mack Johnes stöhnte laut auf.

»Dieses ganze Geschäft mit der Zeit droht mir allmählich den Rest meines Verstandes zu nehmen. Lange halte ich das nicht mehr aus.«

Rex grinste.

»Da ist nicht viel zu nehmen«, stellte er fest und wich geschickt dem beabsichtigten Schlag aus. Dann aber sagte er sehr ernst: »Doch ich muß Mack recht geben; die Sache ist mehr als nur verwirrend.«

Hammond deutete zum Schiff.

»Wir wollen machen, daß wir in die Geborgenheit der HUMAN SUCCESS kommen. Mir wird es allmählich unheimlich. Wenn ich bedenke, daß uns die umherlaufenden Tiere der anderen Dimension für unbewegliche Steinblöcke halten müssen – nein, es ist mehr als unvorstellbar!«

Während sie die Leiter emporkletterten, sagte Hammond zu Johnes:

»An Ihrer Stelle würde ich mal genau feststellen, wie lange der Tag und die Nacht hier auf diesem Planeten dauern. Dann würde ich mich für den dunklen Begleiter des Sirius interessieren. Wenn Sie herausfinden, in welcher Zeit er einmal um den Sirius wandert, könnten wir uns ganz genau ausrechnen, wie groß der Unterschied zwischen den beiden Dimensionen ist, beziehungsweise wir erlangen den Beweis, ob unsere bisherige Rechnung stimmt.«

Johnes nickte.

»Gemacht. Inzwischen können die Funkerinnen ja einen Apparat konstruieren, mit dem sich die Drahtspule entziffern läßt.«

Er winkte den anderen zu und verschwand in Richtung Kontrollraum.

Rex folgte Hammond und seiner Tochter zu dessen Kabine.

Mabel Hall hingegen hatte sich die Drahtrollen geben

lassen und eilte in die Funkzentrale, wo sie ihre Kolleginnen zusammenrief.

Faurrat schließlich ging in seine Kabine, holte seinen Mikrofilmapparat und verließ erneut das Schiff. Langsam schritt er auf die Stadt zu, die er in zehn Minuten erreichen konnte.

Oder in dreizehn Tagen...

Die nächsten Stunden brachten nichts Neues.

Mabel war damit beschäftigt, ein normales Bandgerät umzubauen, damit die Tonköpfe die magnetischen Impulse, die in dem dünnen Draht stecken mußten, hörbar machen konnten. Wegen der Geschwindigkeit gab es keine Schwierigkeiten mehr, da man ja den Draht später mit normaler Geschwindigkeit laufen lassen konnte.

Mack Johnes saß am Fernrohr hoch oben in der Quarzkuppel des Kontrollraums. Bisher hatte er noch keine Anzeichen für eine kommende Nacht finden können. Obwohl schon Stunden vergangen waren, seit er den ersten Blick durch das Okular getan hatte, schien sich der Stand der Sonne – des Sirius – nicht verändert zu haben.

Doch dafür geschah etwas anders. Langsam, doch merklich sichtbar, schob sich ein dunkler Schatten vor die große Scheibe der grellweißen Sonne.

Eine Sonnenfinsternis!

Was aber war das, was sich vor die Sonne schob? Auf der Erde würde Johnes auf den Mond tippen und damit recht behalten. Aber hier? Der zweite Planet besaß keinen Mond.

Es konnte sich nur um den Begleiter handeln, dessen Bahnebene die gleiche wie die des zweiten Planeten war. Außerdem mußte die Spitze der gewaltigen Ellipse, die er um Sirius zog, genau auf diesen Planeten gerichtet sein, sonst hätte die Verdunklung nicht so vollkommen sein können.

Sie dauerte nicht mehr als eine halbe Stunde.

Mack Johnes begann zu rechnen, wurde immer nervöser und sprang schließlich erregt auf.

Erst in dieser Sekunde hatte er so recht begriffen, wie recht Hammond mit seiner Behauptung hatte, ihre Zeitrechnung stimme nicht mehr.

Mit seinem Zettel in der Hand lief er zu Hammonds Kabine.

Dort fand er den Captain, seine Tochter und Rex King vor, die interessiert zusahen, wie Faurrat seinen inzwischen entwickelten Film auf die Spule eines Vorführapparats spannte.

»Wir wollen gerade hinüber in den Vorführraum, um uns den Mikrofilm anzusehen, den Faurrat aufgenommen hat. Bringen Sie etwas Neues?«

»Und ob!« keuchte Johnes atemlos. »Ihre Berechnungen stimmen, Captain. Der Begleiter des Sirius benötigt 10 Tage, um den Sirius zu umkreisen. Zehn Tage, Hammond! Und im astronomischen Lexikon steht: Der Begleiter umkreist den Sirius in einem Zeitraum von 50 Jahren!«

Hammond rechnete auf einem Stück Papier.

»Stimmt! 1:18 000!«

»Sie meinen, in diesen zehn Tagen vergehen auf der Erde – und auch hier – fünfzig Jahre?«

»Das ist die Erkenntnis, die wir auf uns nehmen müssen, Johnes.«

Faurrat unterbrach die Diskussion, die sich zu entwickeln drohte.

»Gehen wir. Ich bin gespannt, was wir sehen werden. Ich habe den Zeitraffer benutzt, und etwa neunzigfache Geschwindigkeit. Das heißt, wir werden die Dinge jetzt mit zwanzigfacher Geschwindigkeit beobachten können, wie sie in der anderen Dimension geschehen.«

»Also genauso, als lasse man einen normalen Film mit zwanzigfacher Geschwindigkeit ablaufen? Nun, da müßte man noch etwas erkennen können.«

»Eigentlich ja. Die Geschehnisse einer halben Stunde konnte ich somit auf eine Zeitdauer von 90 Sekunden bannen, immerhin besser als nur eine einzige Sekunde, wie wir es bisher sahen.«

Während sie durch den Gang schritten, fragte Hammond:

»Was haben Sie eigentlich aufgenommen, Faurrat? So aufs Geratewohl? Oder etwas Bestimmtes?«

Faurrat schüttelte den Kopf.

»Ich weiß noch nicht einmal, ob überhaupt etwas auf den Film gekommen ist. Allerdings habe ich in den Ruinen des öfteren schattenhafte Bewegungen bemerken können. Auch verschwanden mehrmals plötzlich auftauchende Spuren. Es handelt sich aber immer um diese Hunde oder Schakale. Wenn alles geklappt hat, müssen wir welche sehen.«

Sie betraten den Vorführraum.

Faurrat stellte den Spezialvorführapparat mit etwas zittrigen Händen auf den Tisch und machte ihn fertig. Dann erlosch das Licht, und das Gerät begann zu surren.

Auf der gewölbten Mattscheibe erschien das Bild der Stadt, zeigte einen Ausschnitt derselben. Vielleicht war hier früher einmal ein freier Platz gewesen, denn die Ruinen standen in einem Halbkreis um ein Trümmerfeld, das keinerlei Zeichen ehemaliger Gebäude trug.

Nichts rührte sich, die Szene war wie tot.

»Ich hatte den Apparat auf einen Steinblock gestellt, er lief automatisch. Es müßte mit dem Teufel zugehen, wenn nicht...«

Ein Aufschrei Janes unterbrach Faurrat.

In blitzschnellem Lauf raste ein Tier quer durch das Bild, verschwand an der anderen Seite. Es lief so schnell, daß es verschwunden war, ehe Janes Schrei verhallte.

»Was war das?« fragte Mack Johnes. »Ein Hund?«

»Sicher etwas Derartiges. Wir werden nachher den Film an dieser Stelle stoppen, dann können wir es besser betrachten«, sagte Faurrat.

Noch einmal sahen sie eine blitzschnelle Bewegung, aber sie konnten nicht erkennen, um was es sich handelte. Jedenfalls fand diese Bewegung nicht auf dem Erdboden, sondern in der Luft statt.

Dann war der Kurzfilm zu Ende.

Faurrat ließ ihn zurücklaufen, und dann stand das Bild des »Hundes» unbeweglich vor ihren Augen.

Es war tatsächlich ein hundeähnliches Tier. Vielleicht der Nachkomme eines irdischen Schäferhundes. Sein Fell war struppig, und aus seinen Augen funkelte die Wildheit.

Das zweite Bild enthüllte einen Vogel. Unbeweglich hing er über dem Ruinenfeld in der Luft. Zwar wirkten die Konturen ein wenig verschwommen, aber deutlich sahen die Menschen, daß es ein Vogel war.

Er hatte einen großen, gebogenen Schnabel und scharfe Krallen. Seine Größe war unbedeutend, etwa die eines Sperlings. Daher wirkten der gekrümmte Schnabel und die scharfen Krallen grotesk.

Faurrat zeigte auf den Vogel.

»Es ist möglich, daß von ihnen das seltsame Singen in der Luft draußen stammt. Wenn ich mir vorstelle, daß sie mit dieser wahnsinnigen Geschwindigkeit um uns herumschwirren, finde ich den Gedanken nicht absurd.«

Johnes erhob sich.

»Ich glaube, ich habe gerade zum ersten Mal in meinem Leben begriffen, was dieses ganze Gefasel von ›einer anderen Dimension‹ bedeuten soll, das ich immer gehört und gelesen habe. Jetzt endlich weiß ich, was eine andere Dimension ist. Nur hätte ich mir gewünscht, wir hätten dabei in unserer eigenen bleiben können.«

»Daran ist nichts zu ändern«, seufzte Hammond. »Wir befinden uns in einer Dimension, die einen fast zweitausendmal langsameren Zeitablauf hat als unsere gewohnte, und ich wüßte auch nicht, wie wir jemals zurückkehren könnten. Und wenn schon – was hätten wir dabei gewonnen? Gar nichts!«

»Ich möchte nur wissen, wie es den Menschen gelungen ist, die Zeit zu überwinden, also zu verhindern, daß sie aus ihrer Dimension in die unsere glitten. Wenn wir das wüßten...«

Faurrats Gesicht nahm einen nachdenklichen Ausdruck an.

»Ich glaube mich entsinnen zu können, daß man bereits damals daran arbeitete, als ich meinen Start vorbereitete. Muß etwas mit einem magnetischen Schutzschild zu tun haben.«

»Gehen wir. Was wir wollten, haben wir nun: den letzten Beweis unserer Annahmen. Nun bleibt uns noch eine Überraschung: Was befindet sich auf der Drahtaufnahme, die hoffentlich bald vor unseren Ohren ablaufen wird. Da bin ich wirklich mehr als gespannt.«

Noch während sie auf den Gang hinaustraten, hörten sie Mabels aufgeregte Stimme:

»Jack Hammond! Wo steckst du? Es ist gelungen – die Aufnahme läuft.«

Hammond zuckte zusammen, dann setzte er sich in Bewegung.

»Kommt! Jetzt werden wir hoffentlich bald wissen, woran wir sind.«

## 6.

Sie liefen hinter Hammond her, der seinerseits Mabel Hall folgte, die zur Funkzentrale eilte. Unterwegs ließ er einen wahren Hagel von Fragen auf sie niederprasseln.

»Nun, was ist? Kann man es verstehen? Sind es überhaupt menschliche Laute? Nun rede doch schon! Vielleicht haben wir uns geirrt.«

Aber er dachte gleichzeitig an den eben gesehenen Film und wußte, daß ein Irrtum ausgeschlossen war. Mabels Antwort bestätigte es ihm.

»Es ist unsere Sprache, Jack. Ein wenig verändert allerdings, aber es ist immer noch die Sprache der Menschen.«

»Wie lautet die Botschaft?«

Sie öffnete die Tür zur Zentrale.

»Du wirst es gleich selbst hören. Ich habe nur den Anfang gehört, dann den Draht zurücklaufen lassen. Wir wollen gleichzeitig die Botschaft aus der Vergangenheit vernehmen.«

»Oder aus der Zukunft. Die Zeit ist relativ, besonders in unserer Lage.«

In der Funkzentrale mit ihren vielen, blitzenden Geräten, den matten Bildschirmen und dem Gewirr rätselhafter Kabelstränge saß die ganze dienstfreie Mannschaft, angefangen von der Funkerin bis zum stämmigen Maschinisten. Erwartungsvoll sahen sie Hammond an.

Der wartete, bis sich die Tür hinter dem zuletzt eintretenden Mack Johnes geschlossen hatte. Dann hob er die Hand.

»Freunde! Was wir jetzt hören werden, ist die Botschaft eines Menschengeschlechts, das praktisch 18 000 Jahre nach uns existiert, aber bereits vor fast 9000 Jahren diese Welt verlassen hat. Wir wissen nicht, ob diese Botschaft speziell für uns bestimmt ist oder für jemand anders. Aber jene Menschen ahnten ja nichts von unserer Existenz, denn diejenigen, die uns noch kannten, sind heute bereits seit 27 000 Jahren tot und vergessen. Doch ihr kennt ja alle die unheimlichen Zustände, die uns in die jetzige Situation führten, und ich erspare mir alle weiteren Erklärungen. Hören wir, was jene Menschen hier bewog, diese Welt zu verlassen.«

Er gab Mabel einen Wink.

Die Funkerin drückte auf den Knopf des Geräts, und die Rollen begannen sich langsam zu drehen. Und dann ertönte eine Stimme – eine Stimme, die ihnen vertraut und bekannt vorkam, die aber doch fremd und seltsam klang. Die Stimme aus einer anderen Zeitdimension.

»Wir schreiben heute das Jahr 18 230 nach der zweiten Emigration. Am morgigen Tage beginnt unsere neue Zeitrechnung, denn morgen findet die dritte Emigration statt. Wir verlassen diesen Planeten, den wir ›Terra III‹ nennen, um nach ›Terra IV‹ überzusiedeln, dem einzigen Planeten des Sternes 61 Cygni, mehr als 21 Lichtjahre von hier entfernt. Diese neue Welt wurde eingehend von uns erforscht, und obwohl der Planet eine Masse hat, die mehr als fünftausendmal so groß ist wie die unserer alten Heimat, ›Terra I‹, bietet er einmalige Lebensbedingungen. Die große Nähe der Sonne erzeugt mit ihrem Einfluß eine fast vollständige Aufhebung der Schwerkraft, die schnelle Bewegung des Planeten selbst ruft Jahreszeiten hervor, die wir auf ›Terra II‹ so sehr vermissen mußten.

Mehr als 18 000 Jahre lebten wir hier, nachdem unsere Vorfahren innerhalb einer Generation zweimal die Heimatwelt wechselten. Die Geschichtsbücher und die Filme beweisen, daß ein furchtbarer Krieg die Urheimat verwüstete und die Bewohner in den Weltraum trieb. Sie fanden ihre neue Heimat auf ›Terra II‹, einem Planeten des Doppelsonnen-Systems Alpha Centauri. Dort jedoch blieben sie nicht lange, da die Lebensbedingungen zu ungesund waren und nicht verändert werden konnten.

So kam es zur zweiten Auswanderung – und zum Beginn unserer Zeitrechnung. Noch nicht enträtselte Umstände kosmischen Ursprungs verursachten eine Degeneration. Die ehemaligen technischen Errungenschaften der menschlichen Rasse verloren sich in der Primitivität, in die unsere frühen Vorfahren herabsanken. Tausende von Jahren lebten sie wie Tiere, ehe es einigen geistigen Mutationen – man nannte sie Genies – gelang, allmählich wieder den Weg des Fortschritts zu betreten.

Vor tausend Jahren etwa war die Bildung zweier Schichten vollzogen, und in einem grausamen Vernichtungskrieg wurden alle rückständigen Elemente beseitigt.

Und doch dauerte es noch weitere 800 Jahre, ehe wir die Ursache der immer wieder drohenden Degeneration herausfanden. Es war der dunkle Begleiter unserer Sonne, dessen schwache Ausstrahlungen genügten, das Gehirn negativ zu beeinflussen. Nicht in kurzer Zeit, aber im Lauf von Generationen. Und obwohl wir ›Mutationen‹ immun schienen, beschlossen wir, diesen Planeten zu verlassen, um nicht ein neues Herabsinken in die Primitivität zu erleiden.

Vor fast hundert Jahren begannen die Vorbereitungen, die erst am heutigen Tage abgeschlossen werden konnten. Das Geheimnis der Raumfahrt war im Lauf der Jahrhunderte verlorengegangen, wir mußten ganz von vorn anfangen. Obwohl wir ›Terra IV‹ noch niemals besucht haben, wissen wir genau, was uns dort erwartet. Unsere Astronomen haben Geräte entwickelt, mit denen wir die Planeten von Sonnen genauestens studieren können, auch wenn sie viele Lichtjahre von uns entfernt sind. Und 61 Cygni ist eine Sonne, die ein Paradies bescheint. Ein einziges, riesiges Paradies. Diese Welt wird allen unseren Nachkommen für Jahrtausende Platz bieten, auch dann, wenn wir die Unsterblichkeit erlangen sollten.

Einer der größten Wissenschaftlicher unseres Geschlechts – er starb noch auf ›Terra I‹ – entwickelte damals eine Theorie, deren praktische Auswirkungen uns noch heute zu schaffen machen. Es handelt sich um Raumschiffe, die die Geschwindigkeit des Lichts zu überschreiten versuchen. Die bestimmte Anordnung gewisser magnetischer Kraftfelder verhütete das Hinabgleiten in eine andere Zeitdimension, wie es mit den wagemutigen Pionieren der ersten Sternenschiffe geschehen sein muß, denn man hat niemals mehr von ihnen gehört.

Dieses Geheimnis der Zeit ist verlorengegangen!

Trotz all unserer Bemühungen, es wiederzufinden oder gar selbst zu erforschen, ist es nicht gelungen, dieses Problem auch nur theoretisch zu lösen. Wir wissen nur Folgendes: Wenn wir uns mit annähernd Lichtgeschwindigkeit nach 61 Cygni begeben, werden wir zwar praktisch 21 Jahre unterwegs sein, aber auf dem Schiff wird nicht mehr als ein einziges Jahr verstreichen. Das ist nur Theorie, natürlich. Aber sie wird stimmen.

Darum beginnen wir morgen mit der neuen Zeitrechnung, denn morgen startet unsere Flotte, mehr als 15 000 gewaltige Raumschiffe, um diese Welt für immer zu verlassen. Jedes dieser Schiffe hat mehr als 10 000 Menschen an Bord, so daß wir unsere Bevölkerung von fast 200 Millionen restlos evakuieren können.

Es wird kein einziger Mensch auf ›Terra III‹ zurückbleiben.

Das einzige, was wir für alle Zeit haltbar und unzerstörbar hier zurücklassen, ist dieser Sender. Er soll zwei verschiedene Zwecke erfüllen: Zuerst dient er uns als steter und nie versagender Richtungsweiser, wenn das eine oder andere Schiff Havarie erleiden sollte.

Doch der zweite Grund ist folgender:

Nicht alle unsere Vorfahren verließen damals die Erde, so hieß ›Terra I‹ in den verschiedenen Sprachen der ehemaligen Nationen. Einige blieben zurück, um mit allen Mitteln zu versuchen, ihre Urheimat wieder zu einem Paradies zu machen. Wir wissen nichts von ihrem Schicksal. Entweder sind sie alle umgekommen oder aber sie haben sich durchgesetzt und eine neue Zivilisation aufgebaut. Es sind unsere Brüder, darum hoffen wir, daß sie eines Tages ihre Welt verlassen werden, um uns zu suchen. Somit könnte es geschehen, daß sie diese Rufe hören und den Sender finden.

Sie sollen wissen, wo wir geblieben sind.

Aber sie sollen auch noch etwas wissen und erfahren: Wir sind eine friedliche Rasse, kennen keine Kriege. Und doch besitzen wir alle Waffen, die ein teuflisches Gehirn nur ersinnen kann. Diese Waffen ruhen unbenutzt in unseren Arsenalen. Wehe aber, wenn man uns feindlich gegenübertritt! Wir haben die Möglichkeit, innerhalb von Sekunden eine ganze Welt auszulöschen. Und wir werden das ohne Bedenken tun, wenn man uns dazu zwingt.

Doch wer auch immer unseren Ruf hört, der sei in Freundschaft eingeladen, unsere Welt zu besuchen. Auch und vor allem dann, wenn er unsere Sprache versteht und ein Angehöriger der gemeinschaftlichen Rasse ist.

Nach dieser Einleitung möchte ich nun einen genauen Überblick über die historischen Ereignisse geben, wie wir sie aus den Überlieferungen, Büchern und Filmen kennen.

Um die Sonne Sol kreisten neun Planeten, als das Zeitalter des Atoms anbrach. Furchtbare Kriege vernichteten...«

Mabel drückte auf den zweiten Knopf, die Bänder blieben stehen, und die Stimme verstummte.

In der Funkzentrale herrschte für mehrere Sekunden drückendes Schweigen, ehe ein wirres Durcheinander erregter Fragen ausbrach. Keiner konnte den anderen verstehen, und erst die dröhnende Stimme Captain Hammonds brachte es fertig, die Gemüter wieder zu beruhigen.

»Ruhe – verdammt! Man kann ja sein eigenes Wort nicht verstehen!«

Allmählich wurde es ganz still in dem Raum. Nur der Lautsprecher summte noch. Mabel stellte das Gerät ganz ab.

»Also ist das Klima ungesund hier«, fuhr Hammond weiter fort. »Und wenn wir hierbleiben, werden unsere Kindeskinder mit der Zeit zu Affen. Der umgekehrte Vorgang wie einst auf der Erde.«

Einige grinsten.

»Euch wird das Grinsen noch vergehen«, belehrte sie Hammond. »Es wird uns nämlich nichts anderes übrigbleiben, als erneut die Tapete beziehungsweise die Welt zu wechseln, um der Menschheit nachzujagen. Wir müssen – und wir werden sie wiederfinden! Das ist unsere Aufgabe!«

Mabel legte ihre Hand auf seinen Arm.

»Warum eigentlich, Jack?« fragte sie, und er sah sie erstaunt an. »Wir sind genug Menschen, um ein neues Geschlecht entstehen zu lassen!« Sie wurde ein wenig rot, als sie das sagte. Aber die frohen Gesichter der anderen Frauen und die zustimmenden Blicke der Männer gaben ihr den Mut, weiterzureden. »Wozu diese ewige Jagd nach der Menschheit, die schon lange nicht mehr existiert? Wir werden sie niemals einholen!«

Hammond schüttelte den Kopf.

»Hier können wir nicht bleiben, Mabel. Unsere Nachkommen sollen nicht zu Tieren herabsinken, sondern unsere Zivilisation weiterführen. So oder so müssen wir eine neue Welt suchen, die uns das bietet, was wir mit der Erde verloren haben.«

»Und warum kehren wir nicht zur Erde zurück?« wollte Fred wissen, der stets ein Befürworter dieser Idee gewesen war.

»Wer weiß, was wir dort vorfinden. Wenn sie sich weiterentwickelt hätten, wären wir schon längst denen begegnet, die jene erste Emigration nicht mitgemacht haben. Nein, unsere einzige Hoffnung ist jetzt nur noch dieser Planet des Sterns 61 Cygni, 21 Lichtjahre von hier entfernt.«

Rex King machte den erwarteten Einwand.

»Hören Sie zu, Captain«, sagte er und rechnete dabei an den Fingern etwas nach. »Es ist uns allen bekannt, daß wir in einer anderen Zeitdimension leben als jene Menschen, die diese Welt verließen – vielleicht als das ganze Universum überhaupt. Vor 9000 Jahren haben sie diesen Planeten verlassen. Wenn unsere bisherige relative Zeitrechnung stimmt, werden wir erst in etwa 40 000 Jahren 61 Cygni erreichen. Was glauben Sie, was die noch von dem Sender wissen, den ihre Vorfahren hier errichtet haben? Vielleicht finden wir gar keinen mehr vor.«

Hammond sah Rex King lange an, ehe er den Kopf schüttelte.

»Mein lieber Rex – und liebe Freunde! Ihr vergeßt alle, was uns die unbekannte Stimme auf dem Band erzählt hat. Ihr vergeßt das Wichtigste, was sie überhaupt gesagt hat.«

Sie sahen alle erwartungsvoll auf Hammond, der eine Weile wartete, ehe er bedeutungsvoll fortfuhr:

»Sie haben das Geheimnis der Zeitüberwindung verloren!«

# 7.

Der Planet des Sirius versank hinter ihnen in der Tiefe des Weltraums. Vorbei an der grellweißen Sonne und dem dunkelglühenden Begleiter schoß die HUMAN SUCCESS in das Nichts der Unendlichkeit, jenem kleinen, funkelnden Stern entgegen, den die irdischen Astronomen 61 Cygni getauft hatten und der 11 Lichtjahre von der Erde entfernt gewesen war.

Die Lebensmittelvorräte des gewaltigen Raumschiffs waren praktisch unbegrenzt, die Atemluft wurde chemisch erzeugt und würde für Jahrhunderte reichen. Ebenso das Trinkwasser.

Das einzige, was vergehen konnte, war der Mensch.

Doch auch hier hatte Captain Hammond einen Ausweg gefunden.

In seiner Eigenschaft als Kommandant und Herr über das Schiff hatte er mehrere Paare getraut und somit die ersten Familien des neuen Geschlechts gegründet.

Er selbst war seit drei Tagen Ehemann, Mabel seine Frau.

Rex King und Jane Hammond waren noch unverheiratet.

Diese Tatsache wurmte keinen so sehr wie Rex selbst. Er hatte Jane nicht dazu bewegen können, seine Frau zu werden. Sie hatte ihn vertröstet und ihm versprochen, es sich reiflich zu überlegen. Schließlich hatte Rex das Letzte versucht und sie darauf hingewiesen, daß sie es der gesamten Menschheit schuldig sei, ihn zu heiraten. Der Fortbestand der Rasse sei wichtiger als persönliche Gründe.

Sie hatte ihn jedoch nur merkwürdig angeblickt und dann gelächelt.

»Pah«, meinte sie herausfordernd, »erstens bist du nicht der einzige Mann auf diesem Schiff, der noch unverheiratet ist, und zweitens haben wir ja noch Zeit. Der Flug nach 61 Cygni wird nicht mehr als ein Jahr dauern – wenn auch ›draußen‹ fast 40 000 Jahre vergehen mögen. Aber, Rex, was sind denn schon 40 000 Jahre? Für uns – nichts!«

Rex hatte etwas Unverständliches gemurmelt und war in seine Kabine gegangen, wo er sich damit beschäftigte, sein Tagebuch weiter zu vervollständigen. Zwar stand ihm ein Bandgerät zur Verfügung, aber er fand, daß ihm die besten Ideen dann kamen, wenn er an der Schreibmaschine hockte. Selbst die Schreibmaschine mit Spracheingabe reizte ihn nicht. Man mußte zu sehr dabei aufpassen.

Er seufzte lang und tiefgründig und machte sich an seine Arbeit.

Zu schade, daß Hurst ihn nicht mehr bezahlen würde.

Hammond war damit beschäftigt, unter der Anleitung seiner Frau in der Kabine Staub zu wischen. Das ließ sich trotz aller technischen Errungenschaften nicht vermeiden. Bisher hatte das zwar immer eine der dienstfreien jungen Frauen getan, aber seit diese nun verheiratet waren, hatten sie keine Zeit mehr dazu.

Obwohl sie doch alle Zeit des Universums zur Verfügung hatten!

Mabel selbst war damit beschäftigt, komplizierte Berechnungen anzustellen. Sie hatte darauf bestanden und Hammond erklärt:

»Ich rechne die Sache aus, du prüfst sie nach. Wenn du dann keinen Fehler finden kannst, wissen wir, daß unsere Vermutungen stimmen.«

Er hatte resigniert genickt und dabei den automatischen Kalender abgestaubt. Hätte er das vorher gewußt, so hätte er nicht geheiratet. Ihm fielen die alten Witze in den irdischen Zeitschriften ein. Verdammt, die Zeichner damals hatten recht gehabt. Ein Glück nur, daß es wenigstens keine Spülerei gab. Dann hätte er sich aber selbst geschieden. Jawohl! Das hätte er getan.

Eine Viertelstunde später ließ er sich in den Sessel sinken.

»Ich bin fertig!« verkündete er matt.

»Ich auch«, sagte Mabel und schob ihm einen Stoß loser Papierblätter hin, die über und über mit Zahlen bedeckt waren. »Deine Vermutung stimmt, mein lieber Jack. Rechne nur nach!«

»Ich weiß, daß sie stimmt, geliebte Mabel. Trotzdem will ich nachrechnen. Na, die anderen werden sich wundern. Aber wir sagen ihnen nichts davon. Wenn wir nämlich doch einen Fehler gemacht haben, ist nachher die Enttäuschung um so größer.«

Sie nickte.

Mack Johnes hatte seine Kabine verlassen und schlenderte zum Kontrollraum. Eine besondere Wache dort war nicht mehr eingerichtet worden, weil diese unnötig war. Trotzdem verbrachte Johnes fast seine ganze Zeit in diesem Kontrollraum, da er sich niemals an dem Bild der nahen Sterne satt sehen konnte.

Immer wieder saß er hinter seinem kleinen Fernrohr oder am Bildschirm, betrachtete die nur unmerklich vorbeigleitenden Himmelskörper, die oft nur wenige Lichtjahre entfernt waren. So verschob sich allmählich wieder das Bild der bekannten Konstellationen, wurde fremd – und daher doppelt reizvoll.

Mack fertigte ständig neue Karten an, zeichnete und rechnete.

Und doch dauerte es viele Tage und Wochen, ehe es ihm gelang, einen Stern zu finden, der schräg vor ihm stand. Dieser Stern hatte eine dunkelgelbe Färbung, zeigte die besonderen, unverwechselbaren Merkmale einer sich abkühlenden Sonne.

Mack rechnete und rechnete.

Endlich bestand kein Zweifel mehr.

Dieser Stern war die Sonne.

Mack Johnes saß lange in Gedanken versunken da, betrachtete die ferne Sonne und überlegte. Er kam zu keinem besonderen Ergebnis, nur zu dem, daß die Spektralverschiebung – hervorgerufen durch ihre ungeheure Eigengeschwindigkeit – die Strahlung der Sonne scheinbar beeinflußt habe.

Doch dann erhob er sich plötzlich, ging hinüber in seine Kabine und suchte im Bücherregal nach einem ganz bestimmten Werk.

Als er es gefunden hatte, setzte er sich in einen Sessel und begann aufmerksam das Buch zu studieren.

Dann klappte er es wieder zu und starrte versonnen auf den Titel.

Er lautete:

»Kennzeichen der Sterbenden Sonne.«

Jenny hatte Dienst. Sie saß an dem großen Empfangsgerät und ärgerte sich, daß sie dazu verurteilt war, hier völlig sinnlos auf etwas zu warten, was doch niemals eintreten würde.

Seit jenen Funkzeichen von Terra III war kein Laut mehr aus dem Gerät gekommen, so sehr sie sich auch bemühte, etwas aufzufangen. Fred hatte ihr das zu erklären versucht.

»Sieh mal, Jenny: Auf der Erde leben schon seit Jahrzehntausenden keine Menschen mehr – wenigstens behauptet das Hammond –, und er scheint recht zu haben.

Und jene, die auf ihr zurückgeblieben waren, sind schon längst in der Tiefe des Alls verlorengegangen. Die Sendungen, die damals die Erde verließen, haben diesen Punkt, an dem wir uns jetzt befinden, schon längst passiert. Das Schweigen der Geräte ist ein Zeichen dafür, daß es keine intelligenten Lebewesen mehr gibt. Aber auch nicht dort, wohin wir jetzt fliegen. Da auch nicht, sonst hätten sie sich schon einmal irgendwie gemeldet.«

»Vielleicht benutzen sie eine noch unbekannte Wellenart.«

»Aber Jenny! Eine andere Wellenart! Es gibt doch keine unbekannte Wellenart!«

Sie lachte auf.

»Wer sagt denn das? Wir hatten damals auch nur Kurzwelle, Langwelle und Mittelwelle. Plötzlich fand man die Ultrakurzwelle. Warum sollte es keine Suprakurzwelle oder eine Ultralangwelle geben? Warum nicht, Fred?«

Fred dachte angestrengt nach.

»Keine Ahnung«, gab er endlich das Ergebnis seiner gedanklichen Bemühungen bekannt. »Vielleicht hast du auch recht. Na, wir werden es ja wohl erfahren, wenn wir unser Ziel erreichen.«

»Das hoffe ich auch!« schloß Jenny die Unterhaltung ab.

Die Menschen an Bord der HUMAN SUCCESS waren eine einzige, große Schicksalsgemeinschaft, zusammengefügt von einem gewaltigen Ereignis, dessen Geheimnis keiner von ihnen zu ergründen versuchte. Sie begnügten sich damit, es zur Kenntnis zu nehmen, und hielten es eben für ausgeschlossen, die Frage ›Warum?‹ jemals beantworten zu können.

Monat für Monat verging in der Monotonie des Bordlebens. Sie hatten zwar ihre Filme und Bücher, dazu die auf den beiden Planeten gefundenen Gegenstände und Berichte, die sie aufmerksam studierten, um sich ein Bild von den Ereignissen machen zu können, die sich nach ihrem Start von der Erde vollzogen hatten. Aber das alles genügte doch nicht, um die Ungewißheit darüber zu vertreiben, was vor ihnen lag.

Der einzige an Bord, der überhaupt eine gewisse Veränderung bemerken konnte, war Mack Johnes. Und zwar dank seiner astronomischen Beobachtungen.

Der winzige Stern, der langsam auf das Fadenkreuz des Zielbildschirms zuwanderte, war 61 Cygni. Wenn er im Schnittpunkt dieses Kreuzes stand, war das Ziel erreicht.

Dieser winzige Stern war größer geworden und wuchs mit jeder Stunde. Jetzt, nach fast 12 Monaten ununterbrochenen Fluges, begann die Entscheidung näherzurücken. Mack Johnes, der fest davon überzeugt war, endlich die verrückte Zeittheorie Hammonds begriffen zu haben, konnte sich ausrechnen, was sie auf dem Planeten 61 Cygni erwartete: die hochentwickelte Zivilisation der geflüchteten Menschheit, getragen von einer für sie wahrscheinlich unverständlichen Übertechnik – oder aber wieder eine tote, verlassene Welt.

Auf jeden Fall aber eine Welt, in deren Dimensionen sie nicht zurückkehren konnten. Eine Welt, die für immer für sie verloren war. Er verstand nicht, was Hammond auf dieser Welt eigentlich wollte.

Wie dachte sich Hammond überhaupt den Kontakt mit dieser Zivilisation? Jene Menschen dort – falls es welche gab – konnten doch nichts anderes als flüchtig vorbeihuschende Schatten sein. Unsichtbar für sie, deren Zeitbegriff fast zweitausendmal langsamer war.

Johnes stieß einen abgrundtiefen Seufzer aus.

Wanderer im Weltraum! Das war ihr Schicksal bis zu ihrem Ende. Eine rastlose Jagd hinter der Zeit her, die sie nie mehr einholen würden.

Sein Blick blieb erneut auf 61 Cygni hängen.

Noch zwei Tage, dann würden sie mit dem Verringern der Geschwindigkeit beginnen müssen. Die Schaffung des eigenen Schwerkraftfeldes würde jeden Andruck völlig neutralisieren. Sie würden nichts spüren.

Seit drei Wochen sank die Reisegeschwindigkeit der HUMAN SUCCESS regelmäßig und rapide. Schon war 61 Cygni zu einer flammenden Sonne angewachsen, verdeckte die in der Nachbarschaft stehenden Sterne völlig mit ihrer blendenden Lichterfülle.

Und in mäßiger Entfernung von dieser Riesensonne schwebte ein gewaltiger Planet, der sich langsam und stetig um seine eigene Achse drehte. Selbst seine Vorwärtsbewegung um die Sonne war derart erheblich, daß man sie beobachten konnte. In knapp einem Jahr mußte der Planet seine Sonne umkreist haben. Das wären – Johnes rechnete nach – 1800 Jahre reguläre Erdzeit. Dort würde also ein Jahr genau 1800 Jahre dauern.

Und die Rotation, der Tag?

Mack Johnes rechnete fieberhaft.

Ihrer Zeitrechnung nach betrug die Rotationsdauer etwa zwei Tage.

Also zehn Jahre bei jenen, die dort lebten.

Mack Johnes nahm die Berechnungen und ging zu Hammond.

»Hören Sie, Captain. Folgendes: Der Planet dort dreht sich in zwei Tagen einmal um seine Achse, und das Jahr dauert genau ein Jahr. Das sind umgerechnet in normale Zeitbegriffe für die Rotation 3600 Tage und für das Jahr 1800 Jahre. Welchen Sinn hätte es, dort zu landen?«

»Ich finde, die Rotation ist gerade richtig, um die Hitze nicht besonders unangenehm werden zu lassen. Die Sonne ist verdammt nah. Aber die Bahn des Planeten ist ellipsenförmig, außerdem ist seine Bahnebene stark geneigt. Das verspricht sehr günstige Jahreszeiten.«

»Das meine ich nicht, Captain. Ich meine die Bewohner dort. Was sollen wir mit denen anfangen? Wir können sie noch nicht mal sehen; denn was für uns zwei Tage sind, sind für die fast zehn Jahre.«

Captain Hammond erhob sich, schob den verblüfften Johnes einfach aus der Tür hinaus.

»Kümmern Sie sich um das Landungsmanöver, Mack. Ich komme gleich in den Kontrollraum. Ich habe so das Gefühl, daß ihr alle euer blaues Wunder erleben werdet, sobald wir dort unten gelandet sind.«

Hammond kehrte an seinen Tisch zurück, warf einen Blick auf die wirren Zahlen der Berechnungen, die Johnes ihm gebracht hatte.

Die Tür schloß sich hinter Mack Johnes.

Dann verglich er die Endsummen mit den Zahlen seiner eigenen Berechnungen, schüttelte vielsagend grinsend mehrmals den Kopf und warf schließlich beide Zettel in den Papierkorb.

»Die Sache ist so klar, daß alle Berechnungen überflüssig sind«, knurrte er und begab sich dann in den Kontrollraum, um das Landemanöver zu leiten.

# 8.

Gewaltige Grünflächen bedeckten den Riesenplaneten, der an Masse und Größe fast dem Jupiter gleichkam. Trotzdem war seine Schwerkraft niedrig, was auf eine geringe Dichte schließen ließ – oder eben auf eine besondere Einwirkung des Sonnenmagnetismus.

Hier und da stießen schroffe Gebirge hoch in den klaren Himmel, blaue Meere bedeckten einen Großteil der Oberfläche, und unzählige Flüsse wanden sich durch die wilde, aber trotzdem einladende Landschaft.

Das einzige, was sie nicht entdecken konnten, waren Anzeichen einer Zivilisation. Zwar glaubten sie, hier und da flüchtige Bewegungen in den Steppen bemerken zu können, aber ihre Geschwindigkeit war noch zu hoch, um Einzelheiten erkennen zu lassen.

Hammond saß über den Nahbildschirm gebeugt und versuchte, Anzeichen intelligenten Lebens zu finden. Obwohl ihn Johnes darauf aufmerksam machte, daß das doch völlig sinnlos sei, sie würden nichts sehen können, selbst wenn es dort unten Leben gäbe, ließ Hammond sich nicht beirren.

Faurrat und Rex King, die sich ebenfalls im Kontrollraum aufhielten, konnten sich denken, daß Hammond nach den Überresten einer Zivilisation suchte, die vor 40 000 Jahren hier errichtet worden war.

Aber weder Ruinen noch versunkene Städte zeigten sich den suchenden Augen der Schiffsbesatzung. Es schien tatsächlich so, als sei diese Welt niemals besiedelt gewesen.

»Wie vielen Raumfahrern anderer Lebewesen mag es

so gegangen sein wie uns. Sie verloren sich in der Zeit und fanden ihre Heimat nicht mehr wieder. Vielleicht gelangten manche von ihnen auch auf die Erde, und wir erkannten sie nicht, hielten sie für Versteinerungen. Oder umgekehrt! Vielleicht war für sie unser normaler Zeitbegriff eben unnormal – und wir hielten sie für Geister. Das würde die Gespenstergeschichten erklären.«

»Sie meinen, sie bewegten sich so schnell, daß wir sie nicht sehen, sondern nur erahnen konnten?«

»Das meine ich, King. Der eine oder andere Mensch hatte vielleicht die Gabe, ›schneller‹ sehen zu können als die übrigen. Das gab ihm die Möglichkeit, schattenhafte Umrisse flüchtig zu erkennen.«

Captain Hammond sah von seinem Bildschirm auf.

»Sie mögen recht haben, Faurrat. Aber erzählen Sie bitte keine Geistergeschichten, wo wir dabei sind, auf einer Geisterwelt zu landen. Sie machen mir nur die Leute nervös. Außerdem bin ich fest davon überzeugt, daß wir dort unten jene Menschen vorfinden werden, die den Sender auf Sirius in Betrieb setzten.«

»Sie meinen, die Nachkommen jener Menschen?«

»Auch die, Faurrat. Vergessen Sie nicht, daß auch die Zahl unserer Besatzung sich inzwischen vergrößert hat. Wir waren 44, jetzt sind wir genau 51. Und so wird es unseren Freunden auch gegangen sein. Nur sind die ja mit fast 200 Millionen gestartet.«

Faurrat starrte Hammond an, als habe dieser ihm empfohlen, eine kalte Dusche zu nehmen. Dabei hatte der Franzose das Gefühl, daß Hammond diese Dusche eher nötig hätte.

Leise vor sich hin murmelnd, zog er sich in die äußerste Ecke des Raumes zurück. Rex King folgte nur zögernd.

»Was haben Sie? Wie hat Hammond das gemeint?«

»Wenn ich das nur wüßte! Ich kann nicht verstehen, wie ein Mensch so verschwiegen sein kann. Wenn er wirklich mit seiner Vermutung recht hätte, so hätte er doch schon mal längst etwas darüber sagen können. Nein, da hüllt er sich in Schweigen und spielt Rätselonkel.«

Jetzt war Rex King an der Reihe, den Erstaunten zu spielen.

»Wieso? Hat er denn eine neue Theorie?«

Faurrat betrachtete ihn bedauernd.

»Das haben Sie noch nicht mitbekommen?«

Rex schüttelte beschämt den Kopf.

»Nein!«

»Na, dann bereiten Sie sich auf einen Schock vor!« verhieß ihm Faurrat geheimnisvoll. »Aber ich sage nichts. Meinen Sie, ich wollte mich blamieren?«

Er lächelte plötzlich und fügte hinzu:

»Nun weiß ich aber auch, warum Hammond den Mund gehalten hat!«

Mehr war aus ihm nicht herauszubringen. Er schwieg beharrlich.

Sie umrundeten den Planeten mehrmals. Aber diese Welt war so groß, daß sie erst bei ihrer siebten Umkreisung die Raumflotte entdeckten.

Hammond stieß plötzlich einen triumphierenden Schrei aus, zeigte durch die Bugkanzel, die einen freien Blick nach unten gewährte.

»Da sind sie! Endlich haben wir sie gefunden!«

Faurrat und Rex drängten rücksichtslos den fassungslosen Mack Johnes beiseite, der mit offenem Mund auf das Schauspiel starrte, das sich seinen erstaunten Augen bot. Jane Hammond stand neben Rex, der derart aufgeregt war, daß er noch nicht mal die Wärme ihres Körpers spürte.

Nur Mabel Hall, die erst vor wenigen Minuten den Kontrollraum betreten hatte, zeigte keinerlei Spuren einer besonderen Erregung. Sie stand nur da und lächelte Hammond zu, der mit den Armen fuchtelte.

»Habe ich es nicht gesagt? Habe ich es nicht gewußt?«

Faurrat sah ihn von oben bis unten an, ehe er sagte:

»Gar nichts haben Sie gesagt, Hammond, auch wenn Sie es gewußt haben. Sie hatten Angst, sich zu blamieren.«

Hammond wurde ganz ernst.

»Nein, das war es nicht, was mich zum Schweigen verurteilte. Die Blamage fürchtete ich nicht – aber Ihre eventuelle Enttäuschung, wenn ich nicht recht behalten hätte. Mabel und ich haben es immer gewußt!«

Rex King sagte gar nichts. Mit freudiger Erregung erfaßte er das grandiose Schauspiel, das sich seinen Augen bot. Auf einem unübersehbaren Plateau stand Raumschiff neben Raumschiff, ein ganzer Wald blitzender, glänzender Metalleiber. Und dazwischen Menschen – richtige Menschen. Sie bewegten sich völlig normal hin und her, waren offensichtlich damit beschäftigt, diese Riesenflotte entweder startbereit zu machen, oder...

Oder – was?

»Sie können erst vor kurzer Zeit gelandet sein«, murmelte Hammond vor sich hin. »Meinen Vermutungen nach vor vielleicht drei Monaten.«

Rex King schüttelte das Unglaubliche der Situation von sich ab.

»Wie ist das möglich? Was sind das für Menschen da unten?«

»Es sind diejenigen, die vor einem Jahr und drei Monaten den zweiten Planeten des Sirius verlassen haben. Es ist die Flotte, die Mack Johnes damals beobachtet und gefilmt hat. Es sind die 200 Millionen Menschen, die von der menschlichen Rasse übriggeblieben sind und eine dritte Emigration gewagt haben, um endlich eine gute, schöne Welt zu finden.«

Rex King hatte immer noch nicht begriffen.

»Aber die Dimension? Ich meine, sie lebten in einer anderen Zeitdimension als wir. Beziehungsweise wir leben in einer anderen...«

Er verstummte verwirrt.

Hammond ließ das Raumschiff einen großen Bogen beschreiben, glitt mit strahlenden Heckdüsen wieder ein wenig in die Höhe und senkte dann die Rakete auf der Flammensäule langsam in die Tiefe.

Noch während sie absank, eilten von allen Seiten die Menschen auf den vermeintlichen Landeplatz zu, sich jedoch in respektvoller Entfernung haltend, um nicht von der unvorstellbaren Hitze erfaßt zu werden, die der Photonenantrieb erzeugte.

Mit einem sanften Ruck kam die HUMAN SUCCESS endlich zur Ruhe.

Sie hatte die lange Reise glücklich hinter sich gebracht.

Hammond schaltete sämtliche Kontrollen auf Null und erhob sich.

»Sie haben uns wahrscheinlich am Anfang für eins ihrer eigenen Schiffe gehalten, die äußere Form ist ähnlich. Aber jetzt werden sie wissen, daß wir Fremde sind. Was mögen sie wohl erwarten?«

»Ob wir Waffen benötigen?« erkundigte sich Mack Johnes, der den ganzen Vorgang immer noch nicht begriffen hatte.

»Nein, das ist unnötig. Dieser Mensch der Zukunft hat die Barbarei unserer Gegenwart bereits überwunden. Sie werden genauso verblüfft sein, wie wir es waren, als wir damals die schöne Bescherung mit der Zeitverschiebung erlebten. Nur haben wir uns inzwischen daran gewöhnt.«

»Sie meinen...?«

Rex King vergaß, seinen Mund wieder zu schließen.

»Natürlich meine ich«, knurrte Hammond böse. »Haben Sie denn ganz vergessen, was der damalige

Funkspruch besagte, den wir entziffern konnten? Wissen Sie denn nicht mehr, daß sie ihre Reisevorbereitungen schilderten und dabei betonten, daß alle alten Theorien, Pläne und Konstruktionen verlorengegangen waren? Aha, jetzt beginnt es zu dämmern. Mensch, King! Sie befanden sich in der gleichen Lage wie wir, als sie sich der Geschwindigkeit des Lichtes näherten. Sie glitten ab – *in unsere Dimension*!«

Sie öffneten die Außenluke, nachdem die Chemikerin Brown die Atmosphäre geprüft hatte.

Automatisch wurde die Leiter ausgefahren, und wie immer verließ Hammond als erster das Schiff. Er kümmerte sich nicht um seine Gefährten, die ihm nur langsam folgten, sondern eilte mit ausgestreckten Händen den Menschen entgegen, die ihm in einiger Entfernung mit gespannter Erwartung entgegensahen.

Die Kleidung dieser Menschen war bis auf verschiedene kleine Abänderungen ähnlich der, die sie selbst trugen. Auffällig jedoch erschienen Hammond die hohen glatten Stirnflächen der Männer, unter denen fragende, neugierige Augen standen, die ihm forschend entgegensahen. Frühzeitig genug fiel ihm ein, daß ja damals nur die Mutanten der menschlichen Rasse den Kampf ums Dasein überlebt hatten. Er stand also diesen Mutanten gegenüber. Es waren Gott sei Dank nicht solche Ungeheuer, wie er sie sich hin und wieder vorgestellt hatte. Aber was wußte er von den Gedanken und Absichten, die hinter diesen hohen Stirnen wohnen mochten? Nichts – oder doch nur sehr wenig.

Aber eins wußte er: Er hatte einen großen Trumpf in der Hand. Und er gedachte, diesen bei passender Gelegenheit auszuspielen.

Nun hatte er den vordersten der Männer erreicht.

Hammond blieb stehen.

»Wir kommen in Frieden, und wir hoffen, daß wir von euch mit dem gleichen Frieden aufgenommen werden.«

Der andere sah ihn aufmerksam an, schien dem Klang der Stimme nachzulauschen. Dann lächelte er und sagte:

»Willkommen! Wenn ihr den Frieden wünscht, so sollt ihr ihn auch haben. Doch eine Frage beantwortet mir: Wer seid ihr? Woher kommt ihr?«

Hammond bemerkte, daß sich die anderen näherschoben, um sich keines seiner Worte entgehen zu lassen.

»Wir kommen von dem zweiten Planeten des Sirius, den ihr vor mehr als einem Erdenjahr verlassen habt. Die automatische Sendung, die ihr dort zurückgelassen habt, führte uns hierher. Wir sind euch einfach gefolgt.«

Der Anführer der Mutanten trat erregt einen Schritt nach vorn.

»So kommt ihr von der Erde, unserer ursprünglichen Heimat? Wir hätten niemals gedacht, daß dort noch Menschen leben würden.«

Captain Hammond schüttelte den Kopf.

»Es ist alles noch viel verworrener und komplizierter, als ihr jemals zu erraten vermögt. Wir müssen euch alles in Ruhe erklären. Aber gestattet mir nur eine einzige Frage, bevor ich meine Begleiter vorstelle: mit welcher Geschwindigkeit habt ihr die Strecke von Sirius nach 61 Cygni zurückgelegt? Wie lange habt ihr gebraucht?«

»Wir sind vor knapp elf Wochen gelandet. Wie Sie sehen, haben wir gerade die nötigsten Gebäude errichten können. Unsere Menschen leben noch in den Raketen, die mehr als ein Jahr ihre Heimat waren. Wir müssen mit mehr als dreißigfacher Lichtgeschwindigkeit geflogen sein, denn sonst wären wir ja 21 Jahre unterwegs gewesen. Bei unserem Start konnten wir nicht damit rechnen, die Lichtmauer durchbrechen zu können.«

Hammond nickte vor sich hin. Seine Hoffnung hatte ihn nicht getrogen. Die Menschen hier wußten noch nicht, was mit ihnen geschehen war. Sie glaubten, mehrfache Lichtgeschwindigkeit erreicht zu haben, weil sie eine Strecke von 21 Lichtjahren in einem einzigen Jahr zurückgelegt hatten. Sie hatten den Zeitfaktor vergessen.

»Mein Name ist Holmdard«, sagte der Mann schließlich, nachdem Hammond ihm die Besatzungsmitglieder der HUMAN SUCCESS vorgestellt hatte. »Seid willkommen! Aber ich bin überaus gespannt, Ihre Geschichte zu hören. Sie kommen also nicht von der Erde? Woher denn dann?«

Hammond schritt neben ihm auf die schlanke Rakete zu, die anscheinend den augenblicklichen Wohnsitz von Holmdard darstellte. Nur Mack Johnes und Rex King begleiteten ihn, während Faurrat und die anderen auf der HUMAN SUCCESS zurückgeblieben waren.

»Wir kommen schon von der Erde«, berichtete Hammond gedehnt, während er die wenigen Stufen zur Einstiegsluke emporschritt. »Aber nicht von der Erde, wie Sie Ihnen vielleicht vorschwebt.«

Holmdard öffnete verblüfft die Tür zu seinem Arbeitsraum.

»Das verstehe ich nicht. Zwar kenne ich die Erde nicht, ich war noch niemals dort. Aber wir haben ja die historischen Filmberichte. Und die letzte Aufnahme, die von dem Planeten Erde gemacht wurde, zeigt eine radioaktiv strahlende Kugel, auf der allenfalls noch unterirdisch vereinzelte Menschen hausen konnten. Alles weitere sind Vermutungen. Diese Radioaktivität kann die unvorstellbarsten Mutationen erzeugt haben, die keine Ähnlichkeit mehr mit Ihnen oder mit uns haben, obwohl auch wir gewissermaßen Mutanten sind.«

»Auch wir wissen nicht, wie es heute auf der Erde aussieht, aber es ist unsere Absicht, ihr bald einen Besuch abzustatten. Doch was ich auf Ihre Frage antworten wollte, wird Sie so erschrecken und in Erstaunen versetzen, daß ich Sie bitte muß, erst Platz zu nehmen.«

Hammond setzte sich bei diesen Worten in den nahestehenden Sessel, winkte dem Mutanten zu und bat dann auch Johnes und King, sich zu setzen.

Außer Holmdard waren noch zwei weitere Mutanten in dem Raum. Sie saßen schon auf einem couchähnlichen Möbelstück.

Hammond sah Holmdard fest an.

»Vor wieviel Jahren wurde jene letzte Aufnahme der Erde gemacht?« fragte er gespannt.

Holmdard überlegte einen Augenblick, ehe er antwortete:

»Es ist schon lange her. Mindestens 10 oder 20 Jahre vor Beginn unserer zweiten Zeitrechnung. Und die ist ebenfalls zu Ende, seit wir sie vor einem knappen Jahr abgeschlossen haben. Also alles in allem vor etwa 20 000 Jahren.«

Hammond zündete sich eine Zigarette an, die er aus der Tasche gezogen hatte.

»Wir verließen die Erde genau dreißig Jahre, bevor man diese Aufnahme machte«, sagte er und sog den Rauch tief ein.

King und Johnes saßen reglos in ihren Sesseln, die aus einem unbekannten, sich der Körperform anpassenden Material hergestellt waren.

Holmdard jedoch und seine beiden Gefährten kamen von ihren Sitzen hoch. Mit aufgerissenen Augen starrten sie Hammond an, der ihnen unschuldig zulächelte.

»Ich habe Ihnen ja gesagt, daß Sie erstaunt sein würden«, meinte er.

»Sie sind – Sie sind doch nicht etwa Zeitreisende?« japste Holmdard.

»In gewissem Sinne, ja!« bestätigte Hammond. »Aber wir wurden es unfreiwillig. Im übrigen ist diese Methode die einzig überhaupt existierende, um eine sogenannte

Zeitreise unternehmen zu können. Das Dumme dabei ist nur, daß man niemals mehr in seine eigene Zeit zurückkehren kann.«

»Ich verstehe immer noch nicht«, sagte Holmdard mühsam. »Wie konnten sie vor 20 000 Jahren die Erde verlassen – und heute noch leben?«

»Sie sehen die Sache von einem falschen Standpunkt aus, Holmdard. Genauso gut könnte ich Sie fragen: Vor zwei Jahren waren Ihre Ururgroßeltern noch nicht geboren – wie kommt es, daß Sie nun schon so alt sind? Diese Frage wäre doch auch unsinnig?«

Hammond beschloß, die anderen nicht mehr allzulange auf die Folter der Ungewißheit zu spannen.

»Haben Sie gar nichts bemerkt?« fragte er. »Ist Ihnen nichts aufgefallen, als Sie sich dieser Welt näherten? Sie hatten doch auf Terra III Berechnungen angestellt, stimmt's? Das besagte zumindest der Funkbericht.«

»Diese Berechnungen waren falsch«, antwortete Holmdard prompt. »Der Planet umkreist die Sonne mehr als tausendfach schneller, als wir es errechnet hatten. Auch das Jahr ist wesentlich kürzer.«

»Statt 1800 Jahren nur ein einziges, oder nicht?«

Holmdard sah ihn überrascht an.

»Woher wissen Sie das?«

»Ausgerechnet«, sagte Hammond. »Einfach ausgerechnet. Haben Sie schon mal etwas von der vierten Dimension gehört?«

Der Mutant zeigte zum ersten Mal Unmutsfalten auf der Stirn.

»Es ist erwiesen, daß es eine solche Dimension nicht gibt. Sie ist nur eine Erklärung für Dinge, die der Verstand nicht zu fassen vermag.«

»Gut, dann versuchen Sie mal die Tatsache zu fassen, daß in dem einen Jahr, in dem Sie die Entfernung Sirius – 61 Cygni zurücklegten, auf der Erde oder auf Terra II inzwischen 40 000 Jahre vergangen sind.«

Hammond befürchtete ernsthaft, daß man ihn bald aus der Rakete hinauswerfen oder womöglich einsperren würde. Obwohl diese Mutanten geistig Hervorragendes leisten mochten, konnten sie nicht begreifen, wie die Natur ihnen mitgespielt hatte.

Sie hatten – genau wie Hammond und seine Leute nach dem ersten Start von der Erde – die Lichtgeschwindigkeit fast erreicht und waren ein Opfer der erwarteten Zeitkontraktion geworden.

Nun war es ihnen weiterhin so ergangen wie Hammond und den übrigen Raumfahrern von der HUMAN SUCCESS: Sie kehrten nicht mehr in die gewohnte Zeitebene zurück. Sie blieben in dieser sogenannten Kontraktion, lebten bis zum Tode in ihr.

Es gab einfach keine Rückkehr!

Zwischen den beiden Schicksalen gab es nur einen einzigen Unterschied: Hammond hatte Gelegenheit gehabt, an relativen Geschehnissen den Unterschied festzustellen, der auf einmal herrschte. Er konnte erfahren, daß die Zeit – und die Menschen – ihn überholt hatten. Aber Holmdard und die 200 Millionen Mutanten besaßen noch keine Vergleichsmöglichkeiten. Sie glaubten sich noch immer in ihrer normalen Dimension, wären überhaupt niemals auf den Gedanken gekommen, etwas anderes zu denken.

Nur ganz langsam begriffen nun auch die beiden Freunde Holmdards, daß etwas Seltsames geschehen sein mußte. Zwar hatten sie keinerlei handfeste Beweise, aber sie vermochten es auch nicht, sich der Glaubhaftigkeit der theoretischen Ausführungen Hammonds zu entziehen.

Die Diskussion kehrte allmählich wieder zum Nächstliegenden zurück.

»Und was nun?« fragte Holmdard. »Wir sind Menschen, deren Geburtsdatum 40 000 Jahre auseinanderliegt – und doch sind wir gleich alt.«

»Mit einem unserer Gefährten haben wir etwas Ähnliches erlebt«, warf Hammond ein und erzählte von Faurrat. »Das ist der Beweis, übrigens der, den Sie suchten. Aber es gäbe einen noch besseren Beweis!«

»Und der wäre?«

»Sehen Sie auf Terra III nach, wie es dort jetzt aussieht. Es sind so viele Jahre vergangen, daß dort auch nicht mehr die kleinste Spur eurer Zivilisation zu finden sein wird. Hier eine Sekunde, dort eine halbe Stunde.«

Hammond fuhr plötzlich zusammen, sah Holmdard mit aufgerissenen Augen an.

»Noch etwas! Wissen Sie, daß dieser Planet ebenfalls in einer anderen Dimension existiert als die Erde oder Terra III?«

»Wieso? Das ist doch unsinnig!«

»Kaum. Allerdings spielt das keine Rolle mehr, denn es gibt keine Vergleichsmomente. Höchstens schon hier vorhandene Tiere und sonstige Lebewesen.«

»Alles ganz normal!«

Hammond grinste.

»Ich möchte Sie nicht allzusehr verwirren, aber das ist der Beweis, daß diese Welt *nicht* normal ist. Sie paßt zu uns!«

# 9.

Es blieb das Geheimnis nur einiger weniger Männer und Frauen, woher Hammond gekommen war und was es mit ihm und seinen Begleitern für eine Bewandtnis hatte. Offiziell hieß es, die Erde sei noch bewohnt und trüge eine Zivilisation. Allerdings eine sehr harte und strenge, nach der man ganz bestimmt keine Sehnsucht zu haben brauche. Hammond und seine Leute seien von der Erde geflohen und wären froh, hier in Frieden bei den Mutanten leben zu können.

Und diese Mutanten waren praktisch die letzten Menschen!

Davon war Hammond überzeugt, aber der Gedanke ließ ihm keine Ruhe, daß er sich vielleicht irren könne. Er würde eines Tages den Beweis haben müssen – und er würde ihn auch bekommen!

Die Kolonisation des Planeten machte großartige Fortschritte. An Flußmündungen, Meeresbuchten und anderen günstigen Stellen wurden Ansiedlungen errichtet, Kunststoffhäuser gebaut und Straßen gegossen. Funkstationen verbanden alle Wohnstätten mit Bildfunk. Städte und gewaltige Industriezentren wurden praktisch aus dem Boden gestampft, und nach knapp zwei Jahren konnte man diesen einst leeren Planeten kaum noch wiedererkennen.

Die Regierung der Mutanten, Holmdard und seine Freunde, erledigten schnell und reibungslos die politischen Geschäfte, die eigentlich mehr wirtschaftlicher denn politischer Natur waren. Die Menschen waren glücklich und zufrieden, gingen der ihnen zugeteilten

Arbeit nach und machten sich keine Gedanken über die Zukunft, die doch klar und gesichert vor ihnen lag.

Rex King war mit Jane Hammond getraut worden, nachdem Rex einen Priester aufgetrieben hatte. Zwar unterschieden sich dessen religiöse Anschauungen ein wenig von denen Janes oder Rex Kings, aber sie schlossen sich der Meinung von Captain Hammond an, der da sagte:

»Gott ist Gott! Auf den Namen kommt es nicht an!«

Eines der kleinen Kunststoffhäuser wurde ihnen als Heim zugeteilt.

Hammond selbst verbrachte immer noch viel – nach Meinung seiner Frau Mabel sogar zu viel – Zeit in der HUMAN SUCCESS, während der größte Teil der Mannschaft sich ziemlich schnell in alle Winde zerstreute, nachdem ihnen Hammond strengstes Stillschweigen über die Geschehnisse und Erlebnisse ihrer Raumfahrt auferlegt hatte.

Nur eine einzige Person wohnte noch in den ansonsten so leeren Räumen der HUMAN SUCCESS: Mack Johnes mit seinem Fernrohr.

Hammond und Johnes waren fast unzertrennlich geworden, selten sah man den einen ohne den anderen. Die Rakete war ihre Heimat schon immer gewesen – und würde es auch in Zukunft sein. Hammond liebte das Raumschiff genauso, wie ein Seemann in alten Zeiten wohl sein Segelschiff geliebt haben mochte.

Und oft unterhielten sich die beiden alten Haudegen miteinander, wenn sie nicht mit ihren Gedanken und Problemen beschäftigt waren.

Wie zum Beispiel an jenem Tag, an dem sie im Kontrollraum zusammensaßen und den dritten Jahrestag ihrer glücklichen Landung auf Terra IV feierten. Holmdard hatte ihnen dazu einige Flaschen des vorerst noch synthetischen Weines gespendet, den die beiden Freunde so gern tranken.

Da dröhnten plötzlich schwere Schläge durch den Raum, verloren sich irgendwo in der Leere des Schiffes.

»Ich wette, das ist Faurrat!« knurrte Johnes. »Der klopft immer so unverschämt an. Er verschrammt uns noch die ganze Schiffshülle.«

Hammond grinste.

»Ob ich die Hülle 'mal unter Strom setze? Wenn er dann wieder mit dem Hammer oder der Eisenstange anklopft, fällt er rücklings in den Dreck.«

»Nein, das geht nicht – er ist doch jetzt Diplomat!«

Seit Faurrat beratendes Mitglied der Regierung geworden war, nannte Mack Johnes ihn nur noch »den Diplomaten«.

Hammond erhob sich und verließ den Raum. Nach wenigen Minuten kehrte er mit Faurrat zurück, der Johnes freudig begrüßte.

»Ich soll euch viele Grüße von Jane und Rex bestellen. Es geht ihnen gut, und sie sind gesund. Jane hat mal wieder ein prächtiges Baby zur Welt gebracht und alles gut überstanden. Sie war beleidigt, daß ihr euch nicht habt sehen lassen.«

»Keine Zeit!« brummte Mack Johnes und wischte mit dem Ärmel seiner Jacke über das Okular des Fernrohrs. »Keine Zeit dafür!«

»Ich komme in den nächsten Tagen mal 'rüber«, lenkte Hammond ein. »Habe dort in der Gegend zu tun. Was hat man übrigens mit der Raumflotte vor, Faurrat? Soll die hier verrosten?«

Faurrat war über die unvermittelte Frage erstaunt. Er zögerte einen Augenblick, ehe er sagte:

»Man wird die Schiffe nach und nach auseinandernehmen, um die einzelnen Teile entsprechend verwerten zu können. Soweit ich orientiert bin, will Holmdard nur drei Schiffe intakt lassen, um eventuelle Erkundungsflüge durchführen zu können, falls sich das als nötig erweisen sollte.«

»Er redet schon genauso wie ein Ministerpräsident!« stöhnte Johnes, der ganz und gar nichts für die gepflegte Ausdrucksweise Faurrats übrig hatte. »Und was gibt's Neues?«

Faurrat betrachtete ihn mitleidig.

»Was interessiert das schon einen Mann, der für Politik keine Zeit hat? Holmdard will noch in diesem Jahr einen Flug unternehmen – sobald seine Regierungszeit abgelaufen ist.«

Hammond lehnte sich interessiert vor.

»Einen Flug?« echote er gedehnt. »Wohin?«

»Zum Sirius. Er will feststellen, ob die verrückte Theorie stimmt, die wir ihm erzählt haben. So ganz glaubt er es nämlich immer noch nicht.«

»Zum Sirius? Das bringt mich auf eine tolle Idee!«

Hammond fuhr sich erregt durch die immer spärlicher werdenden Haare.

»Sirius! Na, der wird sich wundern, wenn ich ihm etwas anderes erzähle. Was will er denn mit Sirius anfangen? Außerdem ist Sirius mehr als zwanzig Lichtjahre entfernt. Und wir haben Sterne, die viel näher liegen, was, Johnes? Viel, viel näher! Zwar können wir keine Berechnungen über Sternentfernung anstellen, da uns die empfindlichen Geräte dazu fehlen, die Parallaxe zu bestimmen, aber wir haben ja noch unsere alten Karten von der Erde.«

Faurrat nahm einen Schluck aus seinem Glas.

»Worauf wollen Sie hinaus, Hammond?« fragte er einfach.

Hammond wechselte einen Blick mit Johnes, der in den Sternkarten zu wühlen begonnen hatte. Dann sagte er langsam:

»Sirius ist 21 Lichtjahre von 61 Cygni entfernt. Aber 61 Cygni ist nur knapp 11 Lichtjahre von Sol entfernt.

Und Sol ist das Muttergestirn von neun Planeten, deren dritter einmal Erde genannt wurde.«

Faurrat hatte plötzlich flackernde Augen.

»Sie meinen...?«

»Ja! Ich werde Holmdard zu überreden versuchen, daß wir zur Erde fliegen. Dort kann er dann genausogut feststellen, ob wir wirklich in einer anderen Zeitdimension leben.«

»Und wie?«

»Das werden wir sehen, wenn wir dort ankommen!«

## 10.

Holmdard war nicht so leicht zu überzeugen gewesen, wie es sich Hammond ursprünglich gedacht hatte. Aber schließlich willigte er ein. Er war sogar damit einverstanden, daß der Flug mit der HUMAN SUCCESS unternommen wurde.

Die Mannschaft wurde ausgewählt, und Hammond war froh, als sich auch einige der ledigen Männer meldeten, die mit ihm gekommen waren. Außer vier Mutanten waren es noch sechs seiner Leute, die mit ihm vier Wochen später, zusammen mit Faurrat, Holmdard und Mack Johnes in die HUMAN SUCCESS stiegen und die Luke hinter sich schlossen.

Der Abschied von Jane und Rex King war kurz gewesen. In einem knappen Jahr würde man sich wiedersehen. Rex wäre gern mitgekommen, aber Hammond selbst hatte es ihm ausgeredet. Rex gehörte zu seiner Tochter. Er sollte sie nicht allein lassen.

Auch Mabel wollte aus einer ganzen Reihe von Gründen den Flug zur Erde nicht mitmachen, sondern lieber auf dem Cygni-Planeten auf die Rückkehr ihres Mannes warten – eine Tatsache, die Hammond zwar bedauerte, aber akzeptieren mußte. Und außerdem würde er ja schon bald zurückkehren.

Ein leichtes Vibrieren ging durch das Schiff, als Hammond den Antrieb einschaltete. Johnes hatte den Kurs nach den Sternkarten berechnet.

Fast geräuschlos, nur von dem Summen der Atommotoren begleitet, erhob sich die Rakete und strebte mit immer größer werdender Geschwindigkeit in den Himmel hinein. Die Zurückbleibenden sahen sie innerhalb von Sekunden kleiner werden und in der klaren Bläue verschwinden.

Die einzige Verbindung bestand noch in den Funkgeräten, die jedoch ausfallen würden, sobald sie sich der Lichtgeschwindigkeit näherten. Die Wellen konnten sie dann nicht mehr erreichen.

Terra IV wurde kleiner und kleiner, wurde von der gewaltigen Sonne 61 Cygni verdrängt. Doch auch diese schrumpfte schneller und schneller zusammen, je mehr sich ihre Geschwindigkeit steigerte.

Wenige Stunden nach dem Start stand 61 Cygni als hell leuchtender Stern hinter dem Heck des Raumschiffs. Rechts vorn leuchtete Sirius, nicht ganz so hell, wie von der Erde aus gesehen, da er doppelt so weit entfernt war.

Und ihr Ziel, die Sonne?

Mack Johnes versuchte vergeblich, sie mit seinem Fernrohr zu entdecken. So sehr er auch suchte und forschte, er konnte kein positives Ergebnis erzielen.

»Das verstehe ich nicht«, knurrte er wütend vor sich hin. »Sie muß doch da sein! Genau in Flugrichtung! Die Karten stimmen doch!«

Hammond tröstete ihn.

»Das Fernrohr ist lichtschwach und klein. Da ist es möglich...«

»Klein und lichtschwach!« empörte sich Johnes. »Bisher hat es immer noch seinen Zweck erfüllt! Wahrscheinlich kommst du mir nachher noch mit der Wahnsinnsidee, wir seien wieder mal in eine andere Dimension verrutscht. Vor lauter Rutscherei weiß ich schon gar nicht mehr, wo mir der Kopf steht.«

Hammond lachte laut auf.

»Wenn wir einige Wochen unterwegs sind, wirst du schon deine geliebte Sonne sehen können. Warte nur ab!«

Faurrat saß viel in seiner Kabine und las in den Büchern, die Hammond von der Erde mitgebracht hatte. Er hatte Heimweh. Das war der einzige Grund, warum er diese Expedition mitgemacht hatte. Er wollte die Erde noch einmal sehen, auch dann, wenn es eine andere Erde sein würde als die, die er damals verlassen hatte.

Holmdard selbst erfüllte nur eine Mission. Ihn beherrschten keine sentimentalen Gefühle, sondern nur der eiserne Wille, Gewißheit zu erlangen. Er hatte den Auftrag erhalten, diese Gewißheit zu verschaffen. Ganz egal, wie das geschehen würde.

Hammond selbst wußte nicht, warum er die Erde sehen wollte. Vielleicht waren es bei ihm verschiedene Gründe. Ein wenig Sehnsucht nach nicht mehr vorhandenen grünen Kontinenten und blauen Meeren mit vertrauten Formen, ein wenig Neugier, ob er sich mit seinen Zeitideen nicht geirrt hatte, und zu guter Letzt auch der Wunsch, wieder einmal mit einem Raumschiff die Tiefen des Alls zu durchkreuzen.

Und Mack Johnes? Der gute Mack hatte im Augenblick nur einen einzigen Wunsch und Gedanken: herauszufinden, warum er in dem vertrackten Fernrohr Sol genausowenig entdecken konnte wie mit dem Radarsucher oder gar mit bloßem Auge.

Genau in Flugrichtung, allerdings ein wenig verschoben, stand zwar ein Stern im Weltraum. Aber dieser Stern konnte unmöglich die Sonne sein, denn er leuchtete rötlich und matt. Ein verlöschender, sterbender Stern, der seine letzten Strahlen ins All sandte, ehe er völlig erkaltete.

Johnes erschrak.

Konnte die Sonne nicht auch schon erkalten? Waren nicht schon so viele Jahre vergangen, daß die Sonne ihre ganze Kraft verschwendet hatte?

Monate und Monate vergingen.

Sie rundeten sich zu einem halben Jahr.

Immer noch stand der rötliche Stern fast unverändert im Fadenkreuz des Zielsuchers, wurde nur ganz allmählich größer.

Hammond begann unruhig zu werden.

»Wir müßten schon lange die Sonne erreicht haben!« sagte er mißmutig. »Hier, an dieser Stelle hat die Sonne gestanden, als wir das Sonnensystem vor fünf Jahren verlassen haben.«

»Sie ist aber auch gewandert«, gab Johnes zu bedenken. »Sie dreht sich mit der Milchstraße um deren Zentrum. Wir müßten berechnen, um wieviel sie sich weiterbewegt hat.«

»Auch das ist ein Relativitätsirrtum«, belehrte ihn Hammond. »Zwar bewegt sich das Sonnensystem – aber wir tun es genauso. Praktisch sind wir ja engste Nachbarn der Sonne gewesen, denn was sind schon 20 oder 30 Lichtjahre im Vergleich zu der gewaltigen, sich drehenden Scheibe der Milchstraße mit einem Durchmesser von mehr als 100 000 Lichtjahren? Die Sonne benötigt für ihren Umlauf mehr als 200 Millionen Jahre.«

Johnes zeigte auf das rötliche Pünktchen.

»Und das da ist bestimmt die Sonne! Sie ist erkaltet!«

Hammond zuckte die Schultern. Ein wenig hilflos.

»Möglich! Wie weit ist sie entfernt?«

»Das kann ich nicht feststellen. Der Karte nach müßten wir mitten in der Sonne sein, sind aber noch Lichtjahre von ihr entfernt. Wenn sie es ist!«

»Dann weiter! Einmal müssen wir sie erreichen!«

Holmdard stimmte für sofortige Rückkehr, als Hammond ihm die Lage schilderte. Aber er stieß auf den geschlossenen Widerstand der Mannschaft um Captain Hammond, die nicht aufgeben wollten.

»Nun sind wir schon so so weit gekommen – nun wollen wir auch nicht umkehren!«

Holmdard ergab sich in sein Schicksal. Obgleich er noch einmal versuchte, Hammond während einer Unterredung unter vier Augen von der Sinnlosigkeit ihres Versuchs zu überzeugen.

»Hammond, so sehen Sie doch ein, daß es zwecklos ist! Wir werden die Sonne nicht finden können, sie hat inzwischen eine viel zu gewaltige Strecke zurückgelegt.«

»Sirius auch. Der ist sogar noch weiter entfernt. Und – wir haben ja die Sonne gefunden. Der rote Stern vor unserem Bug ist die Sonne, Holmdard!«

»Genügt das nicht als Beweis unserer Theorie, daß sie rot ist? Zeugt das nicht davon, daß viele Jahrtausende vergangen sind, seit unsere Vorfahren die Erde verlassen haben? Genügt das nicht als Beweis für Sie persönlich, daß Jahrtausende seit jener Stunde verstrichen sind, da Sie die Erde mit diesem Raumschiff verlassen haben? Genügt das nicht?«

»Ich will die Erde selbst sehen!« sagte Hammond und gab damit den wahren Grund für seine Weigerung bekannt. »Ich will sehen, was die Menschen daraus gemacht haben!«

Holmdard seufzte.

»Was nützt das? Selbst wenn die Erde noch bewohnt ist, so könnten wir uns mit den Menschen nicht in Verbindung setzen. Wir könnten sie noch nicht einmal sehen. Sie selbst haben mir das mit Ihrem Film bewiesen.«

»Ich will nichts anderes als die Erde sehen!« sagte Hammond.

Und der rote Stern schien zu winken und zu locken.

Aber sie kamen ihm nicht näher.

Wieder vergingen die Monate.

Ein Jahr war seit ihrem Start von Terra IV vergangen. Der rote Stern, dem sie nacheilten, war in den letzten Wochen größer geworden.

Und dann schrie Mack Johnes eines Tages gellend in das Mikrophon der Bordsprechanlage, so daß es durch alle Räume des Schiffes hallte:

»Es ist die Sonne! Ich kann bereits drei oder vier Planeten ausmachen. Und einer von ihnen hat Ringe – der Saturn! Es kann nur die Sonne sein! Geschafft! Wir haben es geschafft!«

Holmdard, Hammond und Faurrat stürzten in den Kontrollraum und starrten auf die dunkelrot glühende Sonne, die nicht größer als ein Apfel war. Es war eine Sonne, die kurz vor dem Erlöschen stand – wenn sie nicht plötzlich zur Nova wurde.

»Wo ist die Erde?« keuchte Faurrat und drängte sich an das Fernrohr.

»Wir sind noch zu weit entfernt. Trotzdem müssen wir sofort die Bugdüsen in Tätigkeit setzen, damit wir nicht vorbeischießen. Die Erde muß auf der anderen Seite der Sonne stehen.«

Mit rasendem Tempo verlangsamte sich ihre Geschwindigkeit. In einer riesigen Parabel umflogen sie die Sonne, nutzten deren Gravitation als zusätzliche Bremswirkung, indem sie dicht an ihr vorbeiglitten, um dann wieder von ihr fortzustreben.

Das mußte der Merkur sein!

Hammond starrte auf den kleinen Planeten, der sich dort vorn deutlich sichtbar um die schwach glühende Sonne drehte. Er würde für seine Runde nicht mehr als eine gute Stunde benötigen.

Ein Jahr auf dem Merkur dauerte keine 88 Tage mehr, sondern nur noch 70 Minuten!

Die Venus glitt vorbei. Ihre Geschwindigkeit war ein wenig langsamer. Aber man konnte sie beobachten.

Die Erde...

Wo war die Erde?

Sie schnitten die Bahn der Erde, folgten ihr nach einer gewaltigen Kurve.

Geschickt wichen sie einem mittleren Boliden aus, den Johnes früh genug bemerkte.

Ein Asteroid auf der Erdbahn?

Da – wieder einer. Und noch mehr! Ein ganzer Schwarm!

Hammond hielt sich am Tisch fest, seine Augen drohten beinahe aus den Höhlen zu quellen. Immer mehr Asteroiden kreuzten ihren Kurs, machten das Manövrieren immer schwieriger, drängten das Raumschiff schließlich aus der Erdbahn heraus.

Faurrat war bleich, als er sich aufrichtete.

»Hammond! Nehmen Sie sofort wieder Kurs auf 61 Cygni! Das ist unsere einzige Chance! Die Erde existiert nicht mehr! Die Sonne hat einen zweiten Asteroidengürtel.«

Hammond sah Johnes an, der zuckte hilflos mit den Schultern.

»Sie muß einfach auseinandergebrochen sein. Wir werden es niemals erfahren, ob die Menschen daran mitgeholfen haben. Niemals!«

Holmdard schien unberührt. Er hatte die Erde nie gekannt.

»Konnen wir nun endlich umkehren? Sie haben Ihre Erde gesehen.«

»Es ist auch die Ihre, mein lieber Holmdard!« erinnerte ihn Faurrat. »Es ist auch Ihre Heimat. Ohne den Planeten Erde gäbe es Sie nicht!«

Holmdard sah beschämt aus.

»So meinte ich es nicht. Ich dachte nur an unsere eigentliche Aufgabe. Wir wollten den Beweis haben, daß wir in einer anderen Zeitdimension leben.«

Mack Johnes schob ihm einen Zettel hin, auf den er einige Zahlen geschrieben hatte.

»Hier haben Sie den Beweis. Die Trümmerstücke der Erde haben die gleiche Umlaufgeschwindigkeit wie die ehemalige Erde. Die Erde bewegte sich damals mit einer

Geschwindigkeit von 30 Kilometern pro Sekunde um die Sonne. Sie werden feststellen, daß diese Trümmerstücke heute eine Geschwindigkeit von 54 000 Kilometern in der Sekunde haben.«

»Aber – das ist doch unmöglich!«

Johnes seufzte.

»Ich habe mich vielleicht falsch ausgedrückt. Natürlich segeln diese Brocken immer noch mit einer Geschwindigkeit von 30 Kilometern pro Sekunde durch die Gegend, sie legen eben in einer halben Stunde 54 000 Kilometer zurück. Diese halbe Stunde jedoch – das ist *unsere* Sekunde!«

Holmdard starrte lange auf das Stück Papier.

Dann folgte er den Blicken der Männer, die noch einmal das Bild des sterbenden Sonnensystems in sich aufnahmen.

Da stand die Sonne im Mittelpunkt der langsam kreisenden Planeten. Zwei Ringe aus unregelmäßigen Trümmerstücken umgaben sie, ließen sie zu einem riesigen Ebenbild des Saturn werden, der mit seinen Monden und Ringen ein ähnliches Schauspiel bot.

Grotesk war der sich rasend schnell um sich selbst drehende Jupiter mit seinen vier größeren Monden, die ihn wie Geschosse umkreisten.

Nur Pluto zog einsam und verhältnismäßig langsam seine Bahn.

Das Ganze bot schließlich den Anblick eines grandiosen Planetariums, in dem Sonne und Planeten durch mechanische Einwirkung innerhalb weniger Minuten Bewegungen vollführen, für die sie in Wirklichkeit Wochen und Monate benötigen.

Ein Spielzeug in der Hand Gottes.

Aber nur ein einziges Sonnensystem von vielen Millionen.

Oder gar Milliarden!

Mit einer gewaltigen Schleife löste sich die HUMAN SUCCESS von der Schwerkraft der sterbenden Sonne, strebte hinaus in das Weltall. Die Rückstoßdüsen arbeiteten lautlos und verliehen dem Schiff bei steigender Beschleunigung eine stetig wachsende Geschwindigkeit.

In wenigen Tagen schon besaßen sie wieder die Geschwindigkeit des Lichtes. Die Sonne hinter ihnen war wieder zu einem Stern geworden, der nur noch mit letzter Kraft versuchte, seine Strahlen hinter ihnen her zu senden. Aber dann war der Geschwindigkeitsunterschied zwischen Strahlen und Schiff so klein, daß sich das Bild nicht mehr änderte. Nur hatten sich die Sterne hinter dem Schiff merkwürdig verfärbt und schienen bald alle dem völligen Erlöschen nahe.

Vor ihnen aber leuchtete 61 Cygni, ihr Zielstern.

## 11.

Eintönig und ohne Abwechslung verging Monat um Monat.

Mack Johnes, der den Kurs nach der Sternkarte errechnet hatte, betrachtete nachdenklich und nervös die eingezeichnete Linie, die quer über das mit Quadraten bedeckte Papier lief. An dem einen Ende der Linie stand das Zeichen »Sol«. Am anderen Ende das Zeichen »Cygni«.

Er warf einen Blick auf den Schiffskalender. Sie waren jetzt 11 Monate und 23 Tage unterwegs.

Doch vor dem Schiff stand unbeweglich und in gleicher Entfernung wie zuvor jener Stern, von dem er annehmen mußte, daß es 61 Cygni war.

Johnes spürte auf einmal eine eisige Hand, die nach seinem Herzen griff und sich dort zusammenzukrampfen schien. Sein Atem stockte, als er die ungeheuerliche Möglichkeit in Betracht zog, daß er sich geirrt haben konnte. Nur ein winziger Rechenfehler – aber das war unmöglich! Er hatte sich noch nie in seinem Leben in seinen Berechnungen geirrt!

Noch nie?

Er hatte auch niemals die Zeit mit einkalkulieren müssen!

Er starrte auf den hellen Stern.

Verdammt! Wenn das gar nicht 61 Cygni war!

Die Sternbilder, die er sehen konnte, hatten keinerlei Ähnlichkeit mit jenen Sternbildern, die er von der Erde her kannte. Und er entsann sich plötzlich, daß er auch vor einem Jahr, als sie sich dem Sonnensystem genähert hatten, keine bekannten Sternbilder hatte entdecken können. Er hatte den Kurs unbewußt nach der vor ihm liegenden Sternkarte errechnet und festgesetzt.

Er fühlte wieder die eiskalte Hand.

Noch einige Minuten saß er da, ehe er plötzlich aufsprang.

»Ich werde wahnsinnig!« rief er laut aus und versuchte, die aufsteigende Angst zu unterdrücken. »Ich bin verrückt! Natürlich ist das da vorn 61 Cygni! Was sollte es denn sonst ein? In den paar Jahren können sich die einzelnen Sonnen nicht derart verschoben haben! Das ist unmöglich und...«

Er verstummte jäh.

In den paar Jahren...?

»Hammond!« brach es stöhnend aus ihm heraus. »Hammond! Daran haben wir nicht gedacht! Du nicht, Hammond! Auch ihr nicht, Faurrat und Holmdard! Keiner von uns hat daran gedacht! Wir haben es vergessen, obwohl es doch das Nächstliegende von allem war!«

Mack Johnes warf einen letzten Blick auf die Automatik und verließ den Kontrollraum. Mit schleppenden Schritten ging er durch den Hauptgang, blieb eine Sekunde unschlüssig vor der Tür zu Hammonds Kabine stehen und trat dann ein, ohne anzuklopfen.

Er fand Hammond in angeregter Unterhaltung mit Holmdard und Faurrat vor.

Letzterer hatte seine Enttäuschung über die vernichtete Erde überwunden und freute sich ehrlich auf die Rückkehr nach 61 Cygni. Erst jetzt kam ihm zu Bewußtsein, daß jener Planet dort ein schöner und wunderbarer Platz zum Leben sei. Erst die Gewißheit, daß es keine Erde mehr gab, hatte ihm diese Erkenntnis gegeben.

Hammond sah erstaunt auf, als er Johnes' Aufregung bemerkte.

»Nun – was gibt es, Mack?«

Holmdard lächelte sogar ein wenig.

»Sicher will er uns berichten, daß er die ersten Funkzeichen von Terra IV empfangen hat. Oder nicht?«

»Der Empfänger ist so stumm, wie er seit Anfang der Reise gewesen ist. Wir hätten schon längst die Richtstrahlsendung hören müssen. Nein, Holmdard, ich muß Sie arg enttäuschen. Die Schuld liegt nicht nur bei mir, sondern bei uns allen.«

Hammond beugte sich langsam vor, legte die Hände auf den Tisch.

»Was ist?« fragte er kurz. Seine Stimme zitterte ein wenig.

Johnes zog aus seiner Tasche die zusammengefaltete Sternenkarte.

»Das ist sie. Wißt ihr, was sie wert ist? Keinen Pfennig!«

Hammond blickte hinüber zu Faurrat, dann zu Holmdard. In seinem Gesicht zuckte es verdächtig.

»Rede, Johnes! Was ist geschehen?«

»Der Stern, den wir für 61 Cygni hielten, ist nicht 61 Cygni!«

Holmdard wurde plötzlich ganz bleich und starr. In seinen Augen flackerte das erste Mal unverhüllte Angst auf.

»Wieso nicht? Wie kommen Sie darauf?«

Johnes hob die Hände, ließ sie wieder sinken.

»Vielleicht ist er es auch. Aber das nützt uns nicht viel. Wir werden ihn nie erreichen, auch wenn wir mit Lichtgeschwindigkeit hinter ihm herfliegen. Nie werden wir 61 Cygni erreichen können!«

»Warum nicht?« erkundigte sich Hammond. »Dieser Stern Cygni kann nicht schneller als das Licht sein. Das ist eine glatte Unmöglichkeit!«

»Ja, das dachte ich auch«, entgegnete Johnes. »Aber ich glaube, diesmal bin ich derjenige, der zuerst etwas gemerkt hat.« Er grinste schwach. »Der Stern 61 Cygni ist ein Stern, den schon die Astronomen des 19. Jahrhunderts kannten. Drüben –«, er zeigte in Richtung des Schiffshecks, »auf der Erde. Sie nannten ihn einen ›Läuferstern‹. Sie meinten, er bewege sich mit ziemlicher Geschwindigkeit von der Erde weg.«

Hammond stand langsam auf, sein Gesicht zeigte plötzlich die fahle Blässe eines Toten. Seine Lippen bewegten sich, aber er brachte kein Wort hervor.

Mack Johnes nahm sich eine der Zigaretten, die achtlos auf dem Tisch herumlagen.

»Das ist das erste Mal, daß ich Captain Hammond so sehe. Fürwahr, ich muß sehr teuer dafür bezahlen. Nämlich mit dem Leben!«

Hammond sank wieder in seinen Sessel zurück.

»Wie schnell bewegte sich – den damaligen Erkenntnissen nach – dieser 61 Cygni von der Erde fort?«

»Er hatte eine Geschwindigkeit von ungefähr 160 Kilometern in der Sekunde. Von der Erde weg.«

»Und?« fragte Hammond erstaunt, biß sich dann aber gleichzeitig auf die Lippen. Die Antwort lag auf der Hand.

»Er bewegt sich jetzt mit einer Geschwindigkeit von etwa 294 000 Kilometern in der Sekunde vor uns her. Unsere Geschwindigkeit jedoch beträgt genau 299 990 Kilometer pro Sekunde. Ein hoffnungsloser Fall!«

Hammond war in sich zusammengesunken.

Faurrat starrte vor sich hin, seine Lippen murmelten leise Worte, die keiner von ihnen verstehen konnte.

Nur Holmdard schien gefaßt. Er war aufgestanden und lief in dem Raum auf und ab wie ein Raubtier, das einen Ausweg aus dem Käfig sucht.

Mack Johnes rauchte in hastigen Zügen.

»Wir können Terra IV nicht mehr einholen. Wenigstens nicht mehr zu unseren Lebzeiten. Wir sind zu langsam.«

Hammond blickte auf und sah seinen alten Freund an.

»Und wie konnten wir die Erde überhaupt erreichen?

Denn von Cygni aus gesehen mußte sich doch die Erde beziehungsweise die Sonne entfernen.«

»Das ist ein Denkfehler«, entgegnete Johnes, der am ruhigsten und gelassensten schien. »Unsere Geschwindigkeit wird an dem Energieverbrauch gemessen, nicht relativ zu einem anderen Himmelskörper. Gemessen an unserer Geschwindigkeit steht das All praktisch still. Aber leider – dehnt es sich aus. Und nun mit fast zweitausendfacher Geschwindigkeit.«

Hammond versuchte einen letzten Einwand.

»Aber wir haben doch vorher Sirius erreicht, und von Sirius aus auch 61 Cygni. Wir hätten doch schon damals etwas merken müssen.«

»Nicht allein die nun mehrfach schnellere Bewegung ist schuld, sondern noch eine andere Tatsache: Im Lauf von einigen tausend Jahren verschiebt sich das Bild der Sterne ganz beträchtlich, somit auch ihre Stellung zueinander. Aber rechnet doch einmal nach, wieviel Jahre in Wirklichkeit vergangen sind! Wißt ihr es? Gut, dann will ich es euch sagen: mehr als 215 000 Jahre!«

Holmdard war mit einem jähen Ruck stehengeblieben.

»Wieso? Hammond hatte selbst errechnet, daß seit ihrem Start von der Erde vielleicht 60 000 oder 70 000 Jahre vergangen sind.«

»Er rechnete einfach die bei uns vergehende Zeit mal 1800, nicht wahr? Dabei vergaß er aber, daß wir damals von der Erde bis Alpha Centauri drei Monate benötigten – und die seit 9000 Jahren verlassene Zivilisation der Menschheit vorfanden. Während des Fluges erfolgt also eine nochmalige Verschiebung der Dimensionen. Nur – aus dieser neuen Dimension kehren wir nach einer Landung wieder in die vorherige zurück. Wir leben also gleichzeitig in zwei Zeitebenen, während die erste, für uns normale, für immer unerreichbar bleibt.«

Holmdard hatte sich gesetzt.

»Das konnte ich nicht wissen«, sagte er. »Dann besteht

allerdings keine Hoffnung mehr, jemals Terra IV zu erreichen.«

»Sagen Sie das nicht!« gab Hammond zu bedenken. »Wir haben Lebensmittel und Atemluft für viele Jahrzehnte an Bord. Einmal werden wir schon am Ziel ankommen. Ich glaube fest daran!«

Aber seine Stimme war unsicher.

Faurrat hatte aufgehört zu murmeln.

»In der ganzen Rechnung steckt noch immer ein gewaltiger Fehler, den wir aber nicht zu finden vermögen. Ihr habt vergessen, daß es nicht die Entfernungen des unendlichen Raumes sind, die wir zum Gegner haben, sondern einzig und allein die Zeit. Die Zeit, Freunde, ist gegen uns! Nur die Zeit! Wenn wir ihr ein Schnippchen zu schlagen vermögen, haben wir gewonnen.«

»Aber wie?« fragte Mack Johnes zweifelnd. »Ich habe eher das Gefühl, daß die Zeit *uns* ein Schnippchen geschlagen hat.«

Faurrat machte plötzlich einen sehr ruhigen Eindruck.

»Schon! Aber ihr kennt doch sicher den Spruch: Man muß den Gegner mit seinen eigenen Mitteln schlagen! Nun, das Mittel der Zeit – ist die Zeit!«

Hammond sah Faurrat fragend an. Das Gesicht von Johnes war ebenfalls nicht gerade geistreich zu nennen. Holmdard blieb ruhig.

»Unsere Geschwindigkeit liegt 10 Kilometer pro Sekunde unter der des Lichtes. Warum?«

Hammond lehnte sich vor, und in seinem Gesicht war eine neugierige Spannung.

»Die Geschwindigkeit des Lichtes ist die Grenze!«

»Richtig! Aber es fehlen ja noch 10 Kilometer an ihr. Warum?«

»Eine Vorsichtsmaßnahme. Wir wissen nicht, was geschieht, wenn...«

»Aber ich weiß es!« sagte Faurrat. »Erhöhen wir die Geschwindigkeit um diese 10 Kilometer. Sofort!«

Johnes warf mit einer heftigen Bewegung die Zigarette in den Ascher.

»Das mache ich nicht mit! Nachher zerplatzen wir.«

»Unsinn!«

»Aber die Photonen haben nur Lichtgeschwindigkeit. Höher könnten wir niemals kommen. Und die 10 Kilometer pro Sekunde können uns auch nicht retten.«

»Doch, sie können es! Sie werden es!«

»Und wieso?« fragte Hammond, in dessen Stimme eine schwache Hoffnung zu vernehmen war.

Faurrat entzündete sich eine Zigarette.

»Weil in der gleichen Sekunde, in der wir die Geschwindigkeit des Lichtes erreichen, die Zeit für uns stillsteht!«

Langsam und allmählich nur dämmerte den Männern die Erkenntnis dessen, was Faurrat gesagt hatte. Die Zeit war gegen sie – also mußten sie die Zeit mit ihren eigenen Mitteln schlagen! Wenn für sie die Zeit stillstand, würden sie nicht mehr altern. Draußen im All konnten Jahrtausende vergehen, während sie nur einen Atemzug machten.

Hammond sprang auf und hätte bald den Tisch umgeworfen.

»Wir haben nichts mehr zu verlieren. Ob wir untätig auf das Ende warten, oder ob wir es riskieren – ich sehe keinen Unterschied. Nur: Wie viele Jahre werden auf Terra IV vergehen?«

»Nicht so viele wie auf der Erde oder im All überhaupt. Wir können es sogar errechnen.«

Mack Johnes erhob sich ebenfalls.

»Ich werde die Mannschaft unterrichten. Ich bin im Maschinenraum, Hammond.«

Zum ersten Mal seit Monaten begann der Antrieb wieder zu summen. Langsam und unmerklich wurde die

HUMAN SUCCESS schneller. Der Geschwindigkeitsmesser näherte sich der roten Marke.

Es fehlte noch ein einziger Kilometer an der Lichtgeschwindigkeit.

Hammond gab den Befehl, den Antrieb auszuschalten. Er wollte unter allen Umständen eine Katastrophe vermeiden. Es mußte auch so genügen.

Johnes kam in den Kontrollraum und starrte aus der Kanzel.

Der große, blasse Stern war näher gekommen.

Er kam näher, noch während er sich hinter das Fernrohr setzte, um ihn anzuvisieren.

Dann schrie er auf, kam aus seinem Sitz hoch und rannte Hammond fast um, der verständnislos auf den hellen Stern blickte.

»Geschafft, Hammond! Geschafft! Faurrat hatte recht! Noch eine Minute – und wir müssen mit dem Bremsmanöver beginnen. Diese eine Minute waren mehr als 20 000 Jahre Flugzeit. Wir haben 61 Cygni eingeholt, obwohl wir nur einige tausend Kilometer in der Sekunde schneller waren als er.«

Hammond machte einen geschlagenen Eindruck.

»Gut, übernimm du das Kommando. Ich muß zu Faurrat.«

Mit hängenden Schultern verließ er den Kontrollraum.

Der Empfang auf Terra IV war überwältigend. Man hatte die HUMAN SUCCESS schon seit Jahren verlorengegeben; denn es waren mehr als zwölf Jahre vergangen, seit sie gestartet war.

Zwölf Jahre, in denen das Universum Jahrzehntausende älter geworden war. Doch davon wußten nur wenige Menschen, denn Holmdard hatte seine Freunde von der Regierung gebeten, die wahren Tatsachen dieses

Fluges zu verschweigen. Nur der endgültige Untergang des Planeten Erde, der vor undenkbaren Zeiten die Heimat der Menschen gewesen war, wurde ihnen mitgeteilt.

Mabel und Hammond hatten sich zunächst nur stumm umarmt, doch auch die Wiedersehensfreude konnte Mabel nicht auf Dauer daran hindern, nach einigen schweigenden Augenblicken ihrem lange Jahre verschollenen Ehemann mitzuteilen, daß er *nie wieder* allein – ohne sie – zu den Sternen fliegen würde!

Rex King, glücklicher Vater einer zahlreichen Kinderschar und um zwölf Jahre gealtert, begrüßte Hammond wie einen alten Freund.

»Hammond! Noch so ein Flug – und ich bin so alt, wie Sie mich damals haben wollten. Vielleicht bin ich dann sogar älter als Sie.«

Hammond lachte.

»Wissen Sie, was das heißt? Wir haben die Zeit überwunden. Leider nicht so wie unsere verschollenen Vorfahren, aber doch immerhin! Sonst würden wir jetzt irgendwo im All treiben und wären schon seit Tausenden von Jahren tot.«

»Wie konnte es überhaupt möglich sein, daß es Ihnen gelang, dieses Kunststück zu vollbringen?«

»Faurrat kam auf die Idee. Und die war richtig! Die Zeit stand praktisch still für uns, denn wir benötigten für den Flug, bei dem wir – relativ zu 61 Cygni gesehen – nur eine Geschwindigkeit von knapp 6000 Kilometern in der Sekunde hatten, fast 18 000 Jahre. Die Entfernung zwischen dem Sonnensystem und dieser Sonne hatte sich verdreißigfacht. Aber da wir fast – es fehlte nur ein einziger Kilometer – die Lichtgeschwindigkeit erreichten, stand die Zeit praktisch für uns still.«

»Das heißt mit anderen Worten«, mischte sich Faurrat ein, der unbemerkt hinzugetreten war, »daß wir den einen Kilometer auch noch zulegen können, um die Zeit ganz zu neutralisieren. Dann können wir in einer einzigen Sekunde das Universum von einem Ende zum anderen durchmessen.«

Johnes war und blieb ein Skeptiker.

»Nur zu dumm, daß aber inzwischen die anderen, die nicht mitfliegen, älter werden und sterben, ehe wir nur einmal atmen können.«

Hammond seufzte.

»Das ist das letzte Rätsel, das noch übrigbleibt: Wie konnten jene Menschen, die 20 Jahre nach unserem Start von der Erde emigrierten, das erreichen? Wie haben sie es geschafft, nicht in eine andere Zeitebene abzurutschen? Das möchte ich noch wissen!«

»Sie wollen wissen, wie man die Zeit überwindet? Soll ich es Ihnen verraten? Soll ich Ihnen sagen, wie es möglich ist, das unvermeidliche Hinübergleiten in die andere Zeitdimension zu neutralisieren, sozusagen aufzuheben?«

In dem Raum entstand ein drückendes, erwartungsvolles Schweigen. Alles starrte auf Faurrat, der sich mit einem befriedigten Lächeln in seinem Sessel zurücklehnte.

»Ich weiß es!« sagte er dabei – und wartete.

»Reden Sie schon!« wurde er von Hammond ermuntert.

»Erhöhen Sie die Fluggeschwindigkeit des Raumschiffs um einen Kilometer pro Sekunde – über die Lichtgeschwindigkeit hinaus!«

Mack Johnes beugte sich vor, berührte mit seinem Zeigefinger fast Faurrat.

»Und...?« stieß er hervor. »Und...?«

Faurrat erhob sein Glas und hielt es in die Höhe.

»Was dann geschieht, ist eine andere Geschichte. Jeder von Ihnen kann es sich selbst ausdenken, was wohl geschehen mag. Eins jedoch möchte ich feststellen: Das Ergebnis ist logisch und durch Naturgesetze festgelegt. Die Zahl hört auch nicht bei Null auf, sie beginnt auch nicht bei Null. Wir haben den Begriff ›minus‹. So auch in der Zeit. Der Nullpunkt ist die Lichtgeschwindigkeit. Nur die Vorzeichen sind umgekehrt. Unter dieser Geschwindigkeit zählen wir mit ›plus‹, und darüber mit...«

»Minus!« schrie Hammond. »Minus!«

Mack Johnes stieß Hammond in die Seite.

»Was bedeutet ›minus‹ in Bezug auf die Zeit?« erkundigte er sich.

»Es bedeutet, daß die HUMAN SUCCESS in einer Woche nicht mehr auf diesem schönen Planeten weilen wird. Aber vielleicht kommt sie ›vorgestern‹ wieder zurück.«

Johnes starrte Hammond eine Weile an, während die anderen lachten. Dann stand er plötzlich auf und schritt langsam zur Tür. Dort – in sicherer Entfernung – tippte er sich an die Stirn.

»Ich habe immer gewußt, daß er verrückt ist!« sagte er und wich geschickt dem Glas aus, das noch vor ihm durch die Tür ins Freie sauste.

Dann war er verschwunden.

Faurrat sagte:

»Trinken wir auf die Vergangenheit, Freunde! Auf die glorreiche, wunderbare Vergangenheit des Menschengeschlechts. Trinken wir auf das Schicksal, das Fangball mit uns spielte. Trinken wir auf die Zeit, die unser größter Gegner ist...«

»Und trinken wir auf uns, die wir die größten Gegner der Zeit sind!« vollendete Hammond und nahm gleich die Flasche, da sein Glas irgendwo im Staub von Terra IV lag.

# Ausklang

Wie ein Lauffeuer verbreitete sich die Nachricht, daß die HUMAN SUCCESS zu einem letzten Experimentalflug starten wolle, der nur einen einzigen Zweck verfolge: das Rätsel der Zeit zu lösen.

Hammond war nicht davon abzubringen.

Und er hatte – außer Mabel – nur einen einzigen Menschen, der ihm beistand und seinen Plan guthieß: Paul Faurrat, den mutigen Franzosen.

Er wollte wissen, ob sein Gedanke richtig war.

Und so geschah es, daß an einem herrlichen Sonnentag eine unübersehbare Menschenmenge das provisorische Raumflugfeld säumte, um dem scheidenden Raumschiff ein Aufwiedersehen zuzuwinken. Niemand konnte ahnen, daß die HUMAN SUCCESS niemals mehr zurückkehren würde.

Hammond war guter Dinge und voller Zuversicht.

Er verabschiedete sich von seinen Freunden, besonders von Jane und Rex, und tat ganz so, als unternehme er mit Faurrat und seiner Frau Mabel einen Spazierflug.

»In ein paar Jährchen sind wir zurück«, versprach er leichtsinnig. »Hoffentlich sind eure Kinder dann älter als wir.«

Er sagte es mit einem verschmitzten Lächeln. Und Faurrat erhöhte die Verwirrung, indem der meinte:

»Es kann aber auch genausogut sein, daß sie noch nicht geboren sind – eh...«

Als sich die Luke schloß, herrschte Totenstille im Schiff. Mit nur drei Menschen in seinem Innern wirkte es leer und tot. Die übliche Besatzung fehlte, aber

Hammond machte sich deswegen keine Sorgen. Im Notfall würde er die HUMAN SUCCESS sogar allein durch den Raum steuern.

Der Antrieb begann zu summen, und dann ging ein Zittern durch den silbernen Leib, als der schlanke Torpedo vom Boden abhob und langsam in die Höhe stieg.

Stumm schauten die Menschen ihm nach - die letzten Menschen, die im Universum existierten, soweit es ihnen bekannt war.

Nicht lange, und der grelle Punkt verschwand im Blau des Himmels.

Rex zog Jane mit sich fort.

»Er wird wiederkommen, Liebes. Dein Vater ist ein Pionier, niemals wird er mit dem Erreichten zufrieden sein und immer wieder Neuland erforschen wollen. Er überwand fast 30 000 Jahre menschlicher Geschichte und fand die verschollene Rasse wieder. Er wird wiederkommen – vielleicht schon heute. Oder erst morgen. Oder erst in tausend Jahren.«

Sie hielt tapfer die Tränen zurück.

»Was auch immer er ist – er war mein Vater.«

Und während sie schweigend davonschritten, sann Rex über diese letzten Worte nach. Sie schienen ihm wie ein Omen zu sein – ein verhängnisvolles Omen.

Jane hatte gesagt:

»Er *war* mein Vater...«

Der Planet, die letzte Zufluchtsstätte der Menschheit, fiel unter der HUMAN SUCCESS hinweg in die Tiefe des Alls. Schnell wurde er kleiner und kleiner, bis er als winziges Lichtpünktchen neben der mächtigen Sonne 61 Cygni verblaßte. Und dann war er verschwunden.

Faurrat kam in den Kontrollraum, um Hammond abzulösen.

»Beschleunigung?«

»Normal. In zwei Wochen haben wir die Lichtgeschwindigkeit erreicht.«

»Schneller geht es nicht?«

»Es soll nicht schneller gehen – meine ich.«

»Genau! Richtung wie vereinbart?«

Der Franzose nickte befriedigt.

»Ja. Das Sonnensystem.«

»Ausgezeichnet. Ich freue mich auf unsere gute alte Erde. Bin gespannt, was man zu uns sagen wird.«

Hammond machte ein zweifelndes Gesicht.

»Mein lieber Faurrat. Ihre Ideen in allen Ehren, aber so überzeugt bin ich doch noch nicht. Ich kann mir nicht vorstellen, daß wir die Zeit besiegen werden. Es wäre gegen alle Naturgesetze...«

Der alte Raumfahrer schüttelte den Kopf.

»Mein lieber Kollege Hammond, diesmal werden Sie eine Überraschung erleben, die es in sich hat. Pah, die Zeit ist gegen uns... das haben wir immer geglaubt und von diesem Dogma haben wir uns einschüchtern lassen. Nein, Hammond! Wir sind gegen die Zeit! Der Mensch wird sie besiegen! Wir beide werden sie besiegen!«

»Ich sagte eben etwas von Gesetzen...«

»Eben! Denken Sie an das Gleichnis von der roten Trennungslinie zwischen Plus und Minus in der Mathematik. Die Lichtgeschwindigkeit ist diese Grenze. Man kann sie überschreiten, oder zumindest erreichen. Bei der Geschwindigkeit Null verläuft der Ablauf der Zeit normal nach vorn. Je höher die Geschwindigkeit eines Objekts wird, je langsamer erfolgt dieser Ablauf, immer noch nach vorn – und nur auf oder in diesem Objekt. Bei Erreichen der Lichtgeschwindigkeit steht die Zeit still. Es gibt einfach keine Zeit mehr. Und dann passiert das, worüber man bisher nicht nachgedacht hat, weil man eine höhere Geschwindigkeit als die des Lichtes nicht für möglich hielt.

Die Zeit beginnt bei Überschreiten dieser Grenze wieder zu wandern, langsam und kaum merklich – aber rückwärts. Für den Raum außerhalb des Objekts allerdings rasend schnell. Bei doppelter Geschwindigkeit des Lichtes synchron zum Objekt – wie bei der Geschwindigkeit Null. Nur umgekehrt. Nun, haben Sie es begriffen?«

Hammond schüttelte den Kopf und nickte dann.

»Nein und ja, lieber Faurrat. So wie Sie es sagen, klingt es einfach – fast zu einfach. Sogar so einfach, daß ich es nicht glauben kann.«

»Alle komplizierten Dingen sind so einfach«, erklärte der Franzose leichthin. »Wäre das Problem schwieriger gewesen, hätte es nicht so lange gedauert, bis ich dahintergekommen wäre.«

»Und ausgerechnet Sie müssen Zeitexperte werden, wo Sie am längsten benötigt haben, hinter die ganze Sache zu kommen. Sie lebten 25 Jahre auf Terra II, ehe Sie überhaupt begriffen, welchen Streich Ihnen die Zeit gespielt hatte.«

»Ich bin dabei, mich für die erlittene Schmach zu rächen«, lächelte Faurrat listig. »So, und nun widmen Sie sich Ihrer Gattin. Sie erwartet Sie garantiert mit einiger Ungeduld.«

Hammond grinste und verschwand.

Faurrat aber zwang das Lächeln aus seinem Gesicht, ließ sich im Pilotensessel nieder und begann mit seinen Beobachtungen.

Weit vorn im Raum, Lichtjahre entfernt, leuchtete ihm ein kleiner, rötlich funkelnder Stern entgegen, der nahe am Erlöschen schien.

Die Sonne, kurz vor ihrem Tod.

Zwei Wochen später war die Lichtgeschwindigkeit erreicht.

Hammond und Faurrat standen in der Zentrale und

beobachteten die zitternden Instrumente. In der Hand des Franzosen hing ein weißer Zettel, mit Zahlen und Formeln bedeckt: die Ergebnisse seiner Berechnungen.

»Jetzt steht die Zeit still - relativ und nur für uns«, sagte er langsam. »Draußen vergehen Millionen von Jahren – in einer einzigen Sekunde. Ich habe genau eine Sekunde Lichtgeschwindigkeit in die Berechnungen einkalkuliert - und bereits jetzt haben wir sie überschritten. Von nun an läuft die Zeit rückwärts.«

Hammond hatte in den vergangenen zwei Wochen versucht, den Gedankengängen Faurrats zu folgen, aber so voll und ganz war es ihm nicht gelungen.

Soweit er es verstanden hatte, wollte der Franzose alle bisher erfolgten Zeitsprünge rückgängig machen und so in die ehemalige Gegenwart gelangen. Anhand der Graphik hatte er ihm klarzumachen versucht, wie das möglich sei. Wenn man jenseits der roten Lichtgeschwindigkeitsgrenze die gleichen Vorgänge wiederholte, die zuvor stattgefunden hatten, mußte man logischerweise wieder den Punkt Null erreichen. Und der Punkt Null war die alte Gegenwart.

Draußen im All schien sich nichts zu verändern. Die Spezialgläser zeigten die Sterne, deren Farbe jedoch allmählich heller wurde, als erhielten sie mehr Licht von innen.

Faurrat bemerkte es und stieß einen Seufzer aus.

»Es ist richtig, Hammond! Wir haben es geschafft. Sehen Sie, die Sonne dort vorn – sie wird hell und gelb! Sie ist nicht mehr alt und rot, sondern jung und heiß. Wir müssen darauf achten, nicht zu lange über dem roten Strich zu bleiben.« Er sah auf seinen Zettel und die Skalen. »Umschalten, Hammond. Zurück auf Lichtgeschwindigkeit und weiter verzögern. Wir können nicht mehr als einen Lichtmonat von der Sonne entfernt sein. Die Zeit, die wir nun noch benötigen, um zu ihr zu gelangen, habe ich einkalkuliert.«

Stumm befolgte Hammond die Anweisungen. Die Verzögerung setzte ein, das Schiff wurde rapide langsamer. Der Andruck blieb ihnen verborgen.

Faurrat warf einen letzten Blick auf die Instrumente, ehe er das Papier achtlos in die Tasche schob.

»Nun ist nichts mehr zu tun«, sagte er und setzte sich in den nächsten Sessel. »Außer warten, natürlich. Wo ist Mabel übrigens?«

»In der Messe. Warum?«

»Ich möchte ihr eine freudige Nachricht bringen, die jede Frau glücklich machen würde.«

»So – und welche?« fragte Hammond.

»Die schönste – für ein weibliches Wesen. Sie hat soeben eine Verjüngungskur mitgemacht. Mindestens dreißigtausend Jahre jünger ist sie geworden.«

Er sprang auf und eilte aus dem Raum. Hammond sah ihm nach und lachte laut.

»Die Jahrtausende konnten ihn nicht ändern«, meinte er kopfschüttelnd. »Er ist immer noch der typische Franzose geblieben.«

Sie drangen in das Sonnensystem ein, dessen Zentralgestirn in grellweißem Licht leuchtete. Es war die Sonne, wie sie sie kannten. Hell, groß und wärmend. Man sah ihr an, daß sie Leben geben konnte. Nichts mehr hatte sie gemeinsam mit dem sterbenden Stern, der auf der Bahn des dritten Planeten von wirbelnden Asteroiden umkreist wurde.

Diesmal hatte auch Mabel sich nicht davon abhalten lassen, dem großen Ereignis in der Zentrale beizuwohnen.

Faurrat betrachtete den langsam größer werdenden Planeten, dessen braungrüne Kontinente die vertrauten Formen aufwiesen. Auf seiner Stirn stand eine steile Falte.

»Die Geschwindigkeit, mit der sich die Erde um die Sonne bewegt, beweist mit Sicherheit, daß wir endlich der anderen Zeitdimension entwichen sind. Sie kreist mit normaler Geschwindigkeit – etwa 30 Kilometer in der Sekunde. Damit wäre der erste Punkt meiner Theorie bewiesen. Auch der zweite Punkt bedarf keiner Klärung mehr. Wir sahen die Erde noch vor kurzem als Asteroidengürtel – das wird ihr zukünftiges Schicksal sein. Wir sind also tatsächlich in die Vergangenheit gereist. Damit ist auch die Möglichkeit der praktischen Zeitreise einwandfrei bewiesen. Unser Experiment ist gelungen – und wir könnten zurückkehren. Aber da ist ein Haken.«

Hammond sah ihn fragend an, ohne etwas zu sagen.

Faurrat fuhr fort:

»Wir müssen den Prozeß rückgängig machen, wenn wir unsere Freunde im Cygni-System wiedersehen wollen. Beiderseits rückgängig! Wir müssen in die Zukunft reisen und gleichzeitig in die andere Ebene gleiten. Das ist absolut möglich, es ist sogar schon vorher mehrmals geschehen. Aber in unserem Fall ist es deswegen nicht möglich, weil sich Cygni, sobald wir die andere Ebene erreichen, zu schnell für uns bewegt. Der gleiche Versuch wie damals würde uns ihm zwar näherbringen, uns jedoch wieder in die jetzige Ebene zurückgleiten lassen, weil der Zeitunterschied zu groß ist, den wir zu überwinden haben. Das ist zwar nur eine Kleinigkeit, aber ich hatte es vergessen.«

Hammond sah erwartungsvoll auf den grünen Planeten hinab.

»Werden wir landen?« fragte er, als habe er nicht gehört, was Faurrat gesagt hatte.

Der Franzose nickte.

»Natürlich landen wir. Ich will doch zumindest meine Vorfahren begrüßen.«

Sie näherten sich der Erde und umkreisten sie in großer Entfernung, aber weder Funkzeichen noch sonstige Signale drangen zu ihnen empor.

»Seltsam«, bemerkte Hammond befremdet. »Sie scheinen keine Notiz von uns zu nehmen. Haben Sie auch alles richtig berechnet, Faurrat?«

»So genau läßt sich das nicht berechnen. Ich hatte ja nur ungefähre Werte als Grundlagen – und noch mehr bloße Vermutungen. Um einige Jahre oder Jahrzehnte kann ich mich schon geirrt haben.«

»So?« machte Hammond und schwieg.

Sie sanken tiefer und fuhren in der Atmosphäre die Tragflächen aus, um einen Gleitflug durchhalten zu können, ohne die Geschwindigkeit erhöhen zu müssen.

Auf den Ozeanen zeigte sich kein Schiff.

Die Luft war frei von Flugzeugen.

Auf dem Land gab es weder Einwohner noch Spuren irgendeiner Art von Besiedlung oder Zivilisation.

Die Erde schien unbewohnt.

Faurrat war blaß geworden.

»Wie ist das möglich? Ich kann mich doch nicht um Jahrtausende geirrt haben! Wenn ich nur einen Anhaltspunkt fände...«

»Dort!« wies Hammond schräg nach unten. »Das Nil-Delta und die Wüste. Die Pyramiden – sie sind noch nicht vorhanden. Und sie wurden mehrere tausend Jahre vor Beginn der Zeitrechnung errichtet.«

»Oder sie sind bereits verfallen, und wir haben die Erde nach der Emigration vor uns!«

»Und der Atomkrieg?«

»Viel später, Hammond! Sehr viel später!«

»Es gibt nur ein Mittel, das festzustellen, Faurrat! Landen und Untersuchungen anstellen. Was schlagen Sie vor?«

»Landen!« entschloß sich der Franzose.

Die HUMAN SUCCESS umkreiste noch einmal die ganze Erde. Die beiden Kontinente Amerika und Afrika-

Europa waren fast 1200 Kilometer weniger voneinander entfernt, als die alten Karten angaben. Nach der Kontinentalverschiebungstheorie ergab das somit eine Zeitdifferenz zur relativen Gegenwart von etwa 1 200 000 Jahren.

Sie waren mehr als eine Million Jahre in die Vergangenheit geschleudert worden.

»Mein Gott – wie ist das möglich?« schüttelte Faurrat den Kopf und begriff sein Versagen nicht. »Eine so große Differenz ist fast unmöglich. Sollte ich mich doch geirrt haben?«

»Nein, Ihre Theorie stimmt«, tröstete ihn Hammond. »Wir haben die Zeit trotz allem besiegt.«

Sie landeten an der Stelle, an der Jahrtausende später die Pyramiden stehen würden. Der Boden war feucht und trug stellenweise eine üppige, fast schon tropische Vegetation.

Faurrat, Hammond und Mabel verließen gemeinsam die HUMAN SUCCESS. Mit gierigen Lungen saugten sie die frische, sauerstoffreiche Luft in sich hinein. Es noch nach Erde und Wasser.

Fast eine Stunde wanderten sie umher, dann kehrten sie zum Schiff zurück.

»Wir möchten hierbleiben«, sagte Hammond nach einem kurzen Blick zu seiner Frau und legte ihr dabei die Hand auf die Schulter. »Es ist unsere Erde – und die Heimat. Wir werden den Cygni-Planeten niemals so wiederfinden, wie wir ihn verlassen haben. Die Erde aber ist ein Paradies, denn es leben noch keine Menschen darauf.«

Faurrat nickte langsam.

»Ich habe es geahnt«, flüsterte er. »Und ich hätte es mir denken können. Aber ich war blind und dumm. Dabei ist wieder einmal alles so einfach.«

Hammond begriff nicht so schnell.

»Wie meinen Sie das?«

Der Franzose sah hinüber zur offenen Luke. Draußen dämmerte bereits der Abend. Palmen wiegten sich im lauen Wind der kommenden Nacht.

»Sie werden hierbleiben«, sagte er, ohne auf die Frage Hammonds einzugehen. »Ich aber werde wieder starten und versuchen, meine restliche Aufgabe zu erfüllen.«

»Ihre restliche Aufgabe?« Hammond verbarg sein Erstaunen nicht. »Wir haben keine Aufgaben mehr.«

Ein wissendes Lächeln huschte über Faurrats Gesicht.

»Die Ihre beginnt gerade erst, Hammond. Wir stehen am Beginn eines Kreislaufs, der mehr als eine Million Jahre dauern wird. Es gibt keinen Anfang und kein Ende. Wir Menschen sterben, um wieder geboren zu werden, denn der Tod ist die Voraussetzung für die Wiedergeburt. Er hat außerdem die Aufgabe, die Erinnerung an das Vergangene auszulöschen. Täte er das nicht, wüßten Sie jetzt, Hammond, daß Sie schon einmal an dieser Stelle standen.«

Mabel erhob sich langsam und schritt bis zur offenen Schleuse. Tief atmete sie die würzige Luft ein und sagte dann, ohne sich umzudrehen:

»Jack – ich warte. Und die Welt dort draußen wartet. Sie wartet auf uns, denn sie wurde für uns geschaffen. Komm jetzt...«

Und sie ging aus dem Schiff, ohne Faurrat Lebewohl zu sagen. Sie hatte nichts mitgenommen.

Hammond starrte Faurrat an. Und dann spürte er auf einmal, wie von den Augen seines Gegenüber ein zwingendes Leuchten ausging. Er fühlte die stumme Aufforderung und den geistigen Befehl, keine Fragen mehr zu stellen. Faurrat schien auf einmal kein gewöhnlicher Mensch mehr zu sein, sondern ein verkörperter Geist.

»Du wirst mich nicht vermissen, Hammond«, sagte er leise und duzte ihn das erste Mal. »Genausowenig, wie du mich vergessen wirst. Du nicht und deine Nachkommen nicht. Nimm diese Welt in Besitz, Jack, denn sie gehört dir. Erkämpfe sie dir und erarbeite sie dir – das wird deine Aufgabe sein.«

»Und deine?«

Faurrat lächelte wieder.

»Ohne Gegenwart gäbe es keine Zukunft und ohne die Vergangenheit keine Gegenwart. Wir kamen aus der Zukunft hierher, um die Gegenwart zu schaffen. Die Gegenwart aber bestand schon – wer also schuf die Vergangenheit, da wir doch die letzten und die ersten Menschen sind? Ich gehe, um auch auf diese letzte aller Fragen eine Antwort zu finden...«

»Die Begegnung mit Gott wirst du niemals erzwingen können!« warnte ihn Hammond, der Faurrats Absichten ahnen mochte. »Das wird er nicht zulassen.«

Faurrat schritt hinüber zum Wandschrank und nahm ein Buch heraus. Er gab es Hammond.

»Das ist das einzige, was ich dir auf deinen Weg mitgeben möchte. Lies aufmerksam darin, und du wirst wissen, daß ich Gott begegnen werde. Und bewahre das Buch gut – viele werden es nach dir noch lesen... Und jetzt lebe wohl, mein Freund. Wir werden uns eines Tages wieder begegnen.«

Hammond stieg langsam hinab in den paradiesischen Garten jungfräulicher Unberührtheit. Mabel stand dort und erwartete ihn. Sie nahm seine Hand und führte ihn hinein in ihre neue Welt, die älter war als alle ihre Erinnerungen. Ohne sich ein einziges Mal umzublicken, schritten sie davon, bis das Raumschiff hinter ihnen in der Dämmerung versank.

Und dann erzitterte der Boden unter ihren Füßen, ein donnerndes Heulen zerriß die Stille der Nacht, und auf einer feurigen Säule stieg ein schlanker, silberner Schatten hinauf in den Himmel, um bald darauf in der blaugrauen Unendlichkeit zu verschwinden.

Mabel drückte seine Hand.

»Nun sind wir allein«, sagte sie schwer.

Er entsann sich des Buches.

Seine Finger fühlten die geschmeidigen, unzerstörbaren Blätter. Es war zu dunkel, um die Schrift zu lesen, aber er wußte plötzlich, daß er die Bibel in der Hand hielt.

»Wir werden ganz von vorn anfangen müssen«, antwortete er.

Und irgendwo in der Ewigkeit über ihnen sah Paul Faurrat auf seinen Bildschirm und lächelte.

Lächelte solange, bis die HUMAN SUCCESS mit doppelter Lichtgeschwindigkeit und ausgeschaltetem Energieschirm auf das erste sich formende Stück Materie stieß und die Urexplosion auslöste.

In dieser Sekunde begann die Energie des Kosmos sich in Materie zu verwandeln und auszudehnen.

Die bis dahin gebundene Zeit wurde frei.

Nur eins blieb unverändert und ewig: der Raum.

»Ja, wir werden ganz von vorn anfangen müssen«, nickte Mabel und zog Jack Hammond zu sich heran. »Es wird uns nicht schwerfallen.«

»Nein«, sagte er und schob das Buch vorsichtig in eine Felsspalte, damit es nicht verlorenginge...

**ENDE**

# Nachwort

Mit dem vorliegenden Band eröffnen wir die Reihe UTOPISCHE KLASSIKER, die es sich zum Ziel gesetzt hat, die besten Einzelromane aus der »goldenen Zeit« der deutschen Science Fiction wieder – und diesmal in einer ansprechenden Form – zugänglich zu machen.

Denn neben den großen deutschen SF-Serien – dem unumschränkt herrschenden und nie erreichten Vorbild *Perry Rhodan* und all seinen mehr oder weniger langlebigen Konkurrenten von *Mark Powers* über *Ren Dhark*, *Rex Corda* und *Raumschiff Promet* bis hin zu den *Terranauten* und *StarGate* – gab es rund 30 Jahre lang eine blühende SF-Szene, die sich in den nicht einem Serienhelden verpflichteten Heftreihen der Verlage Moewig, Pabel und Zauberkreis manifestierte. In diesen Heftreihen (*Terra* und ihre Nachfolgereihen bei Moewig, die *Utopia*-Familie bei Pabel und *Zauberkreis SF*) kamen immer auch deutsche Autoren zum Zug, ganz im Gegensatz zu den Taschenbuchreihen unserer Tage, die praktisch ausschließlich von Übersetzungen aus dem angloamerikanischen Sprachraum dominiert werden.

Fast alle deutschen SF-Autoren lassen sich in diesen Heftreihen finden, die bereits in den 50er und 60er Jahren etablierten Clark Darlton, Karl-Herbert Scheer und Kurt Brand ebenso wie die damaligen »Newcomer« Kurt Mahr, Hans Kneifel, William Voltz und wie sie alle heißen. Viele dieser Autoren, besonders auch die später auf den Plan getretenen wie Peter Terrid, Marianne Sydow oder Horst Hoffmann, haben sich hier ihre ersten Sporen verdient, lange bevor sie an den großen SF-Serien *Perry*

*Rhodan* und *Atlan* oder an den Fantasy-Serien *Dragon* und *Mythor* mitgearbeitet haben.

Viele dieser Romane und über mehrere Hefte laufenden Zyklen hätten es verdient, noch einmal veröffentlicht zu werden, denn in einem ähneln sie sich alle, so unterschiedlich sie in ihrer Thematik und Ausarbeitung auch sein mögen: Sie bieten »sense of wonder« pur, sind unverkennbar Kinder einer Zeit, in der die Reise in den Weltraum, die Begegnung mit Außerirdischen, die Erforschung unbekannter exotischer Welten und Zeitreisen in die fernste Vergangenheit und unvorstellbare Zukünfte noch ein großes Abenteuer waren. Und wenn sie vielleicht inzwischen auch von der Zeit und den wissenschaftlichen Erkenntnissen – der Realität eben – überholt sind, wenn sie voller Naivität, Gutgläubigkeit und verrückter Ideen stecken – sie erinnern uns an das Staunen, an jenes merkwürdige, unbeschreibliche Gefühl, mit dem wir einst zum Sternenhimmel aufgeblickt und uns gefragt haben, was die Menschheit wohl erwarten wird, wenn sie eines Tages wirklich ins All aufbricht.

Für den Start der Reihe UTOPISCHE KLASSIKER konnte eigentlich nur ein einziger Autor in Frage kommen, denn Clark Darlton war nicht nur in den 50er Jahren einer – und wohl der beliebteste – der »großen Drei« der deutschen SF-Szene (neben Karl-Herbert Scheer und Wolf Detlef Rohr), sondern er ist auch einer der beiden Väter des Welterfolgs *Perry Rhodan*. Doch über seine schriftstellerische Arbeit hinaus hat er in seiner langjährigen Tätigkeit als Übersetzer, Initiator und Redakteur diverser SF-Reihen die deutsche SF-Szene entscheidend mitgeprägt.

Clark Darlton wurde unter seinem bürgerlichen Namen Walter Ernsting am 13. Juni 1920 in Koblenz geboren. Gymnasium in Essen, Arbeitsdienst, Wehrmachtsangehöriger bei einer Nachrichteneinheit und schließlich Kriegsgefangenschaft in Karaganda/Sibirien waren die weiteren Stationen seines Lebens. Erst 1950 schwerkrank nach Deutschland zurückgekehrt, arbeitete er seit 1952 als Dolmetscher für die britischen Besatzungsbehörden. Im Rahmen dieser Tätigkeit entdeckte er die amerikanischen und britischen SF-Magazine, die ihn auf Anhieb begeisterten. Schon als Jugendlicher hatte er utopische Literatur kennengelernt und die Romane und Erzählungen von Autoren wie Jules Verne, Hans Dominik, Rudolf Heinrich Daumann oder Kurd Laßwitz verschlungen.

In der festen Überzeugung, daß es für diese neuentdeckte angloamerikanische Variante des »Zukunftromans« auch in Deutschland einen Markt geben müsse, nahm Ernsting Kontakt mit dem Pabel-Verlag auf. Kurz darauf war er Herausgeber, Übersetzer und Redakteur der neuen Reihe *Utopia Großband* (UG). Nicht zuletzt seine Übersetzer-Tätigkeit ließ in ihm den Wunsch erwachen, selbst einmal als Autor tätig zu werden. Bereits 1955 entstand so »UFO am Nachthimmel«, doch der Cheflektor lehnte mit der Begründung, niemand sei an dem SF-Roman eines deutschen Autors interessiert, ohne einen Blick in das Manuskript zu werfen, ab.

Was dann geschah, ist bereits Legende: Ernsting erfand einen englisch klingenden Namen – Clark Darlton –, einen interessanten »Originaltitel« – »To-Morrow the Future« – und gab sich selbst als Übersetzer aus. »UFO am Nachthimmel« erschien als UG 19 und wurde auf Anhieb ein Erfolg. Weitere Romane unter dem Darlton-Pseudonym folgten, das Ernsting auch dann beibehielt, als er sich das Spiel mit den fingierten »Originaltiteln« sparen konnte.

Fast alle seine SF-Romane sind unter Clark Darlton erschienen, eine Ausnahme bildeten nur seine Jugendbücher und sein wohl größter Erfolg, der auf den Theorien seines Freundes Erich von Däniken fußende Roman »Der Tag, an dem die Götter starben«.

Das *Utopia-Magazin*, *Terra*, *Terra Sonderband* und das Kurzgeschichtenmagazin *Galaxis* sind weitere Reihen, an denen Ernsting erheblichen Anteil hatte. Und schließlich entwickelte er 1961 auf Initiative des damaligen Moewig-Cheflektors Kurt Bernhardt gemeinsam mit K.H. Scheer das Konzept für *Perry Rhodan*, den »Erben des Universums«...

Der vorliegende Roman »Die Zeit ist gegen uns« stammt aus Ernstings erster großer Schaffensperiode, noch vor dem Start von *Perry Rhodan*. Im Jahre 1956 als Leihbuch erstveröffentlicht und noch im gleichen Jahr als UG 36 nachgedruckt (weitere Nachauflagen: 1963 als *Terra Extra* 31, 1980 als *Utopia Classics* 20), nimmt er sich eines Themas an, das den Schriftsteller Walter Ernsting wohl über sein ganzes Schaffen hinweg immer wieder faszinierte: des Phänomens Zeit. Denn während in der angloamerikanischen SF die Problematik unterschiedlicher Zeitabläufe – die sogenannte Zeitdilatation – nie eine besondere Rolle spielte, hat sich Ernsting mehrfach mit ihr auseinandergesetzt (wie später auch sein jüngerer Kollege Kurt Mahr). Im vorliegenden Roman ist die Zeitdilatation sogar *das* handlungstragende Element, ebenso wie in dem 1957 erstveröffentlichten Titel »Raum ohne Zeit«, der voraussichtlich zu einem späteren Zeitpunkt in dieser Reihe erscheinen wird.

40 Jahre sind vergangen, seit »Die Zeit ist gegen uns« das erste Mal veröffentlicht wurde, 40 Jahre, in denen die Zeit keineswegs stehengeblieben ist. In vielerlei Hinsicht gibt somit der Romaninhalt dem Titel recht, denn manches, was 1956 noch futuristisch oder utopisch wirkte, ist mittlerweile längst von der Wirklichkeit überholt worden. Dennoch haben wir uns nach reiflicher Überle-

gung entschlossen, den Roman nicht zu modernisieren oder aktualisieren – auch nicht in den vordergründig unwesentlichen Details. Denn »Die Zeit ist gegen uns« mag einerseits ein mittlerweile »überholter« SF-Roman aus den 50er Jahren sein, er ist aber andererseits auch ein Zeitdokument, das die Stimmung und das Umfeld jener Epoche, in der der Flug zu den Sternen ein aufregender neuer, mit pseudowissenschaftlichen Theorien untermauerter Traum war, hervorragend widerspiegelt.

Liegt nicht ein Großteil des Charmes, den derartige Romane ausstrahlen, in den Widersprüchlichkeiten, wenn einerseits die HUMAN SUCCESS mittels eines auch heutzutage noch futuristischen Antriebs Lichtjahre in Wochen und Monaten zurücklegt, andererseits ein inzwischen alltäglicher Gebrauchgegenstand wie ein Computer noch nicht einmal erwähnt wird? Und hat nicht die vergleichsweise naive Herangehensweise an die Problematik der interstellaren Raumfahrt etwas wunderbar Erfrischendes, angesichts eines sich immer komplexer und undurchschaubarer darstellenden Universums, dessen Entfernungen auf absehbare Zeit hinaus für die Menschheit absolut unüberwindlich bleiben werden?

Außerdem sollte man bei aller Kritik, die man hinsichtlich seiner »wissenschaftlichen« Ansätze an dem vorliegenden Roman üben könnte, eines nicht übersehen: Walter Ernsting war immer ein Autor, für den die Menschen und nicht die technischen Errungenschaften im Mittelpunkt standen. In »Die Zeit ist gegen uns« fällt kein einziger Schuß, wird auch niemand anderweitig getötet, kommt es weder zu tragischen Mißverständnissen mit irgendwelchen Aliens, noch zu einer Meuterei an Bord der HUMAN SUCCESS, als die irdischen Raumfahrer erfahren, daß sie im wahrsten Sinne des Wortes ihre Zeit verloren haben. Ganz im Gegenteil bezieht der Roman seine Spannung aus zwei einfachen Fragen: »Was ist eigentlich passiert?« und »Wo – oder wie – wird das alles enden?« Und spricht aus diesen Fragen nicht eine Art von Neugier, die unserer zynischen, von Pessimismus und Verdrossenheit durchdrungenen Welt schon lange abhanden gekommen ist?

Zum Abschluß noch ein paar Worte zum Titelbild: Wir wollten ein Cover, das gleichzeitig nostalgische Gefühle vermittelt und die Atmosphäre des vorliegenden Romans widerspiegelt. Und welcher Zeichner wäre hierfür besser geeignet als einer, der mit den Clark-Darlton-Romanen der 50er Jahre seine eigenen Jugenderinnerungen verbindet, dessen Liebe zur SF nicht zuletzt durch die frühen Arbeiten Walter Ernstings initiiert wurde. Hubert Schweizer hat das Titelbild und die Illustration speziell für die vorliegende Ausgabe angefertigt, und wir sind der Ansicht, daß dieser Neuauflage von »Die Zeit ist gegen uns« nicht zuletzt durch diese grafische Umsetzung ein würdiger Rahmen gegeben wurde.

Bereits in vier Wochen wird der zweite Band dieser Reihe erscheinen: »Die letzten Menschen der Erde«, ein packender, anrührender Roman des unvergessenen William Voltz, der die verzweifelten Versuche der letzten Überlebenden einer besiegten Menschheit schildert, ihre Urheimat gegen alle Widerstände ihrer einstigen Gegner wieder zu erreichen.

Der dritte Band folgt im Frühjahr 1997. Hier können wir schon jetzt den umfangreichen Roman eines ebenfalls sehr bekannten Autors versprechen, der bisher ausschließlich als mehrteiliger Zyklus in Heftform veröffentlicht wurde.

*Gerd Rottenecker*

# Ren Dhark

## Die große SF-Saga von Kurt Brand

Die GALAXIS, das erste terranische Kolonistenschiff, strandet auf dem Flug zum Deneb-System auf einem unbekannten Planeten, den die Menschen Hope taufen. Hier entdecken Ren Dhark und seine Gefährten in einem gigantischen Industriedom das Erbe der Mysterious, darunter den Ringraumer POINT OF. Sie müssen erste Kämpfe mit den Amphis bestehen und treffen auf weitere außerirdische Rassen wie Synties und Nogk. Schließlich finden die Raumfahrer die verloren geglaubte Erde wieder, die jedoch mittlerweile von den raubtierköpfigen Giants erobert wurde. Ren Dhark ergründet das Geheimnis des CAL und entdeckt auf Robon die zweite Menschheit.

**Kurt Brand** schuf in den Jahren 1966-1969 mit einem Team von Co-Autoren die Heftserie **Ren Dhark**, die in den 70er und 80er Jahren eine zweite und dritte Auflage erlebte. **Manfred Weinland** hat für diese Buchausgabe den SF-Klassiker neu bearbeitet und fortgeschrieben, denn in den Tiefen des Kosmos ist das große Rätsel der Mysterious noch immer zu lösen...

Hardcover, 352 Seiten, drei Illustrationen

Bereits erschienen und lieferbar:
Band 1: Sternendschungel Galaxis (ISBN 3-930515-00-8)
Band 2: Das Rätsel des Ringraumers (ISBN 3-930515-05-9)
Band 3: Zielpunkt Terra (ISBN 3-930515-13-X)
Band 4: Todeszone T-XXX (ISBN 3-930515-14-8)
Band 5: Die Hüter des Alls (ISBN 3-930515-15-6)
Weitere Bände erscheinen im Abstand von ca. drei Monaten

---

Hansjoachim Bernt Verlag